BRIGITTE VOLLENBERG

Mörderisch schöne Tage in Schottland

BRIGITTE VOLLENBERG

Mörderisch schöne Tage in Schottland

KRIMI

Impressum

Bibliografische Information der Deutschen Nationalbibliothek: Die
Deutsche Nationalbibliothek verzeichnet diese Publikation in der Deutschen Nationalbibliografie; detaillierte bibliografische Daten sind im In-
ternet über http://dnb.dnb.de abrufbar.

Die automatisierte Analyse des Werkes, um daraus Informationen ins-
besondere über Muster, Trends und Korrelationen gemäß §44b UrhG
(„Text und Data Mining") zu gewinnen, ist untersagt.

© 2024 Brigitte Vollenberg
Covergestaltung: Nora Bojarra
Coverbild: Brigitte Vollenberg, Fahne: shutterstock.com
Verlag: BoD • Books on Demand GmbH, In de Tarpen 42, 22848
Norderstedt
Druck: Libri Plureos GmbH, Friedensallee 273, 22763 Hamburg
ISBN: 978-3-7597-7768-3

Inhalt

Über den Wolken

Meine Freundin Bea hatte sich in den Kopf gesetzt, dass meine Urlaubsreisen nicht mehr ohne sie stattfinden sollten. Worauf diese Selbstverständlichkeit basierte, war mir schleierhaft. Wir hatten vor einem Jahr an einer gemeinsamen Reise teilgenommen. Im Grunde waren wir uns schicksalhaft in diesem Urlaub begegnet. Zwangsläufig hatten wir Zeit miteinander verbracht. Später hatte sich herausgestellt, dass das mit der Zufälligkeit nicht stimmte. Bea hatte mir stets aufmerksam zugehört und wusste, welches Urlaubsziel ich anstrebte. Sie war ins Reisebüro gegangen und hatte gebucht. Sie hatte unser Zusammentreffen geplant und war davon ausgegangen, dass ein gemeinsames Hobby, das Krimischreiben, ausreichte, um zusammen zu verreisen. »Außerdem haben wir uns doch mörderisch gut verstanden«, sagte sie.

In diesem Jahr hatte ich eine Busrundreise durch die schottischen Highlands gebucht. Wenn ich recht überlegte, hatte Bea, meine Freundin, die Vorfreude auf diese Tour ausgebremst, bevor ich tiefer in die Planung einsteigen konnte.

Ständig musste ich mich zurückhalten, wenn wir uns begegneten. Das Wort Schottland verbannte ich aus meinem Sprachschatz, ebenso alle Begriffe, die einen Rückschluss auf dieses Land des Vereinigten Königreichs ermöglichten. Ähnliches wie im Jahr zuvor sollte mir in diesem Urlaub nicht passieren.

Jetzt saß ich im Flieger nach Edinburgh, ohne sie. Ich erfreute mich an einem Fensterplatz. Neben mir hatte auf dem Sitz zum Gang schweigend ein japanischer Fluggast Platz genommen. Dieser schien zum Golfspielen nach Schottland zu reisen. Ich hatte ihn am Flughafen zufällig beobachtet. Zielstrebig hatte er, ein riesiges Golfbag hinter sich herziehend, den Schalter für Sperrgepäck angepeilt. Auf meiner Liste der Destinationen in Schottland stand ebenfalls St. Andrews, das Mekka des Golfsports. Meinem Golfnachbarn war es nicht möglich, mich als Golfspielerin zu identifizieren. Ich hatte weder Golfequipment dabei, noch war ein Rückschluss aufgrund meiner Kleidung denkbar. Die Mitgliedskarte meines Heimatvereins hatte ich aus dem Portemonnaie entfernt, da sich gefangen in einer Reisegruppe keine Gelegenheit ergeben würde, in Schottland eine Runde Golf zu spielen. Wenn ich Glück hatte, würde die Möglichkeit bestehen, die Atmosphäre an diesem geschichtsträchtigen Ort zu erschnuppern, mehr nicht. Das war mir klar.

Ich schmunzelte. In meiner Phantasie machte ich mich dem japanischen Sitznachbarn bekannt. »Hallo, mein Name ist Theresa. Ich bin ebenfalls Golfspielerin. Ich habe ein Handicap von -27. Ich wünsche Ihnen einen angenehmen Flug.«

Ich stellte mir vor, welch mitleidigen Blick er mir zuwerfen würde. Er würde seinen Golfausweis zücken und mich mit einem Handicap von -1 blenden. Ich beherrschte das Golfspiel, aber nicht auf seinem Niveau. Diese von mir erwartete Solidarität gab es unter Golfspielern nicht. Je kleiner das Handicap auf der Mitgliedskarte, umso ignoranter wurden Frauen von männlichen Golfern behandelt. Das waren meine langjährigen Erfahrungen. Es gab Ausnahmen von diesem Klischee. Ob dieser Japaner eine Ausnahme war? Oder glaubte auch er, dass Frauen auf Golfplätzen nichts verloren hatten?

Mein Sitznachbar schaute zu mir herüber, bedachte mich mit einem leichten Kopfnicken. Ich fühlte mich in meinem Gedankenspiel ertappt. Auch ich nickte ihm höflich zu, wandte mich ab und schaute aus dem Fenster. Er blätterte weiter durch sein Hochglanzmagazin mit Tiger Woods auf dem Titelbild.

Die meisten Rituale vor dem Start in die Wolken lagen hinter uns. Wir rollten auf die Startposition zu. Der Japaner hatte das Tischchen hochgeklappt und die Zeitschrift weggesteckt. Ich entschied, ihn anzusprechen. Er war wie ich in Düsseldorf in den Flieger gestiegen. Vermutlich sprach er Deutsch, aber ich versuchte es auf Englisch. »Do you like Golf?«, fragte ich. Seine englische Aussprache war grandios schrecklich. »Yes, I do«, nuschelte er. Ich beließ es bei dieser kurzen Begegnung und antwortete nur mit »Me too.« Offensichtlich hatte er kein Interesse, sich mit mir zu unterhalten.

Der Flugbegleiter passierte den Mittelgang und warf einen letzten ernsthaften Blick auf die Bäuche seiner Fluggäste. Auf dem Rückweg durch den Mittelgang prüfte er nochmals, ob alle Reisenden ihre Anschnallgurte geschlossen hatten. Ready for Take-off, dachte ich. Staunend stellte ich fest, dass der mittlere Sitz zwischen dem Japaner und mir tatsächlich frei blieb. Das suggerierte mir mehr Sitzfreiheit.

Wir hatten die Flughöhe erreicht. Kostenloses Essen gab es schon lange nicht mehr auf Flügen innerhalb Europas und ein Getränk für den kleinen Durst zwischendurch steckte in meinem Rucksack. Ich lehnte mich zurück und tauchte in einen seichten Schlaf ab. Meine Freundin Bea, die ich ausgetrickst hatte, mischte sich in meine Träume. Sie würde eine Woche lang vergeblich versuchen, mich zu Hause zu erreichen. Ich plante, ihr eine Whatsapp-Nachricht zu schicken, wenn ich in Edinburgh gelandet war.

»Das hast du nett eingefädelt. Aber glaube nicht, dass du ohne mich reisen wirst. Seltsam, wie du diesen Japaner angesprochen hast. Der kommt garantiert aus -Japantown Deutschland-, das einzigartig in Düsseldorf ist. Der spricht gutes Deutsch. Wundere dich nicht über seinen perfekten rheinländischen Dialekt. Dein weltmännisches Gehabe war völlig unangebracht. Wenn ich richtig informiert bin, sind deine golferischen Leistungen so la la. Damit wirst du ihn nicht beeindrucken. Sein Handicap erreichst du nie.«

»Halt den Mund. Was soll das?«, fuhr ich Bea barsch an. Mir fiel der leere Sitz ein. Bea, schoss es mir durch den Kopf.

Ich schreckte auf. Das Flugzeug sackte in diesem Moment in ein Luftloch. Ein Kreischen und Aufschreien schwebte wie eine Woge unangenehmer Töne über den Köpfen der Fluggäste. Aber es passierte nichts weiter. Ich atmete vor Erleichterung tief ein und heftig aus.

»Wir durchfliegen eine Gewitterfront. Das ist nichts Schlimmes. Sie brauchen sich nicht fürchten«, sagte der Japaner fürsorglich. Diesmal lächelte er mich an.

»Hörst du, er spricht Deutsch. Habe ich dir doch gesagt. Heb dir dein Englisch für Schottland auf.«

Treffpunkt Flughafen Edinburgh

Wir landeten. Eine Gangway wurde an die vordere Aus-
stiegstür geschoben. Es dauerte lange, bis die Luke geöffnet
wurde. Die Eiligen standen bereits im Gang, blockierten alles, obwohl die Anschnallgurte noch geschlossen bleiben
sollten. Sie ignorierten die Durchsagen des Bordpersonals
ebenso wie die Anzeigesymbole an der Decke. Ein geordne-
tes Verlassen des Flugzeugs war nicht möglich. Es beschlich
mich der Gedanke, dass die meisten Gäste an Bord des Flie-
gers Deutsche waren. Das Urlaubsverhalten meiner Landsleute war nicht immer lobenswert. Über Gelassenheit ver-
fügten die wenigsten Fluggäste. Diejenigen, die im Gang
standen, zeigten dieses durch ihr selbstgefälliges Verhalten.
Die zum Sitzen Gezwungenen sahen sich genötigt, ihren
Unmut darüber zu äußern. Nur wenige lehnten sich entspannt auf ihren Plätzen zurück und warteten ab.

Der Ausstieg wurde eingeleitet. Ich bemerkte es an einem
frischen Luftzug, der nicht aus der eiskalten Klimaanlage
entwichen war. Viele Reisende verließen vor mir das Flugzeug und quetschten sich in die bereitstehenden Transport-
mittel, die sie zum Terminal brachten. Die zielstrebige
Flucht meiner Mitreisenden störte mich nicht. Ich nahm
den letzten Bus, der nicht so proppenvoll war, und erreichte
entspannt, nach einem gemütlichen Fußweg durch das
Flughafengebäude, das Kofferband. Alle Blicke waren auf
den schwarzen Schlund gerichtet. Die ersten Beschwerden
wurden nach nur wenigen Minuten laut, weil die Gepäck-
ausgabe nicht sofort begann. Unruhe und Hektik waren
greifbar. Die meisten, die aus dem Düsseldorfer Flugzeug

heraus geeilt waren und durch das Gewirr des Flughafens hetzten, belagerten das Kofferband. Ihr gestresstes Verhalten brachte ihnen keinen Vorteil.

Gelassen positionierte ich mich abseits des Transportbandes. Mein Timing war perfekt. Das Kofferband setzte sich in Bewegung. Gebannt starrte ich auf die kreisenden Gepäckstücke wie ein Kaninchen auf eine Schlange. Die Letzten werden die Ersten sein. Den Spruch aus dem Matthäusevangelium hatte ich oft von meinem Vater gehört. Er wollte mich meistens damit ausbremsen, wenn ich versuchte, mich vorzudrängeln. Ich sah, wie sich aus der dunklen Höhle eine große grünkarierte Reisetasche herausquetschte. Sie wurde auf dem schwarzen Transportband durch die Gepäckhalle geschleust. Das war meine. Danke, Papa, hast mal wieder recht gehabt.

Vorsichtig bewegte ich mich durch die Lücken in der Menschenmenge nach vorne an das Laufband heran. Wieder wurde meine Beherrschung auf die Probe gestellt. Niemand wich einen Schritt zur Seite. Keiner ließ mich durch, obwohl ich freundlich darum bat. Meine Gelassenheit löste sich langsam auf. Aber ich beherrschte mich. Zum einen waren die Bandblockierer vor mir keine Deutschen, sondern Dänen, was das Verhalten meiner Landsleute im Ausland ein wenig relativierte. Ich kämpfte mich am Band entlang und peilte eine kleine Lücke an, die einen Zugriff auf mein Gepäckstück ermöglichen würde. Ich war erleichtert, dass meine Reisetasche mit mir zusammen in Edinburgh gelandet war. Sei demütig und dankbar. Es ist heutzutage keine Selbstverständlichkeit mehr, dass alle Passagiere ihr Gepäck entgegennehmen dürfen. Ich hatte von Problemen dieser Art in letzter Zeit oft gehört.

Der Flughafen quoll über vor Menschen. Eine unangenehme Kälte von Klimaanlagen, von geöffneten Türen und Zugluft ließen mich erschaudern. Ich betrat die Ankunftshalle, sah mich erwartungsvoll um. Dann entdeckte ich eine junge Frau, die mit einem Pappschild winkte, auf der ich das Logo meines Reiseanbieters wahrnahm.

Wir begrüßten uns. Mein erster Eindruck von dieser Dame war geprägt von Herzlichkeit. Ich gesellte mich zu den wartenden Menschen, die ich an ihren Kofferanhängern identifizierte, denn sie trugen den Slogan unserer Reisegesellschaft. Diese kleine Gruppe war ebenso wie ich auf die Schottlandreise gebucht. Mir war in diesem Moment völlig egal, was um mich herum passierte. Mitten im Menschengewimmel hockte ich mich neben meine Reisetasche und öffnete sie. Wenn ich nicht handelte, war mir eine dicke Erkältung sicher. Ich fischte eine warme Jacke heraus und tastete nach einem Schal. Eingemummelt wartete ich an dem mir zugewiesenen Ort. Fürs Erste angekommen, stellte sich meine Aufnahmefähigkeit und Neugier auf Pause.

»Das fängt ja gut an«, mischte sich Bea in meine Gedanken. »Eine Busrundreise ist nichts für dich. Ich habe es dir doch gleich gesagt. Ab jetzt begibst du dich in die Hand dieses Mädels. Du bist nur ein kleines Puzzleteil unter deinen Mitreisenden. Sie werden in den nächsten Tagen deinen Urlaub mitbestimmen. Stell dich schon mal auf Warten ein. Du musst hier ausharren, bis die Gruppe komplett ist, dann erst geht es weiter, so wird es sich fortsetzen, Tag für Tag.«

Im Flieger hatte ich Beas Bemerkungen beiseite gewischt. Warum mischte sie sich jetzt schon wieder ein?

»Alleine dieser Flug. Also ich fand ihn schrecklich. Keine Spur von Luxus, auf niedrigstem Standard wird man da von Flughafen zu Flughafen transportiert. Die Reisewelt hat sich verändert und das nicht zum Positiven.«

»Halt endlich deinen Mund. Von dir lasse ich mir die Reise nicht vermiesen. Du bist ja nur sauer, dass ich dich nicht mitgenommen habe. Und wenn ich edel und luxuriös auf einem Flug bedient werden möchte, dann fliege ich Emirates und vor allem Businessclass. Aber Düsseldorf Edinburgh hat diese Fluggesellschaft nicht im Programm.« Ich drehte mich um und beäugte meine Mitwartenden. Hoffentlich hatte niemand mein Gespräch mit Bea wahrgenommen.

»Oh, was sagen Sie da? Erwarten wir Gäste aus den Arabischen Emiraten?«

»Nein, nein, das denke ich nicht«, stotterte ich verwirrt.

»Was halten Sie davon, wenn wir uns nach draußen begeben? Ich kann diese Klimaanlagen nicht vertragen«, schlug ich vor.

»Gute Idee. Wir sollten unserer Reiseleiterin nur Bescheid sagen.«

»Die Regenwolken haben sich verzogen.«

»Ja, die Sonne scheint.«

Diese Sätze, die zwischen meinen Mitreisenden hin- und herflogen, hatte ich wahrgenommen. Abwechselnd schaute ich in die Gesichter der Menschen, die mich umgaben. Ich entdeckte ein allgemeines Einverständnis, das Flughafengebäude gemeinsam zu verlassen.

Eine kleine hagere Frau trat in meinen Fokus. Verhärmt und unscheinbar duckte sie sich hinter einer Mauer von Reisenden. Ihr altes, faltiges Gesicht spiegelte ihr Leben in einer Enzyklopädie mit mindestens 8 Bänden. Sie drückte ihre Zustimmung, das Terminal zu verlassen damit aus, indem sie hastig nach einer Schachtel Zigaretten in der Handtasche wühlte. Mit zitternden Fingern befreite sie einen Glimmstängel aus der Packung. Das Feuerzeug einsatzbereit in der Hand lief sie los. Ich schwang mir meinen Rucksack über die Schulter und griff den Ziehbügel der Reisetasche und folgte meiner unvollständigen Reisegruppe nach draußen.

»Hast du das kleine schnuckelige Café dort drüben gesehen? Erzähl mir nicht, dass du dort nicht gerne eingekehrt wärst. Aber mitgefangen, mitgehangen«, hörte ich.

»Shut up!«, fauchte ich Bea an. »Ich freu mich auf Schottland.«

»Oh, Mrs Traveller hat umgeschaltet, ab jetzt nur in Englisch unterwegs, was?«

»Ich kann auch anders«, fauchte ich Bea an. »Mach dich vom Acker! Verschwinde!«

Ein Hauch von Zigarettenqualm umspielte mich. Ich wechselte die Position. Die grauhaarige, kleine Raucherin, in eine azurblaue Steppjacke gehüllt, nahm einen tiefen Lungenzug und pustete den Qualm genüsslich in den Edinburgher Himmel. Die Sonnenstrahlen fielen auf ihr Gesicht und mir offenbarte sich ein maskenartiges Antlitz, das großzügig farblich angelegt jeden Visagisten die Augen hätte verdrehen lassen. Die Brauen waren dicke braune Striche, der Lippenstift zu grell und inakkurat aufgetragen. Das Lidschattenpuder hatte sich in den Falten der Augenlider gesammelt. Es erfüllte seine ursprüngliche Aufgabe nicht mehr. Ich hatte als Kind in einer Zitatensammlung meines Vaters gelesen, dass es keine Grenzen gab, an denen mehr geschmuggelt wurde als an den Altersgrenzen. Erst jetzt verstand ich, was damit gemeint war.

»Puh, ist das herrlich hier«, sagte sie mit ihrer kratzigen Raucherstimme. Sie lächelte und sah mich freundlich an. Das Leuchten in ihren wasserblauen Augen berührte mich. Sie sah glücklich aus.

Mir ging es in diesem Moment ebenfalls gut. Ich war neugierig auf Schottland, ein Land, das ich nicht kannte und das ich erobern wollte. Mir war klar, dass ich innerhalb der Gruppe auf Menschen treffen würde, die aus der gleichen Motivation wie ich die Reise angetreten hatten. Die anderen, die ewigen Miesmacher und Nörgler, die kein Gespür für das Schöne und Interessante hatten, das Schottland für uns bereithielt, würde ich ausblenden. Ich parkte mein Gepäck. Sah mich um und begann mit der Kontaktaufnahme. Geh in die Offensive, motivierte ich mich, umso schneller findest du Gleichgesinnte. »Hallo, darf ich mich vorstellen?«, fragte ich zwei Damen, die zufällig neben mir standen. Sie hatten gerade eine kurze Gesprächspause eingelegt. »Mein Name ist Theresa. Wir werden in dieser Reisegruppe zusammen Schottland erkunden.«

Wie es aussah, hatte ich die Damen überrumpelt. Sie sahen mich an, als wäre ihnen gerade ein Geist erschienen. So eine direkte Kontaktaufnahme kam in ihrem Leben offensichtlich nie vor. Oder sie nahmen für sich in Anspruch, den ersten Schritt zu wagen, um sich die Leute nach ihren Maßstäben auszusuchen, die sie in ihren inneren Zirkel eintreten lassen würden.

»Hallo«, sagte die Blonde. Ich empfand den Tonfall und das langgezogene O eine Spur abwertend.

»Von mir auch ein Hallöchen«, schloss sich die Brünette an.

Schweigen hüllte uns ein. Das Verhalten der beiden Damen kamen einer Ohrfeige gleich.

»Wag es nicht, dich einzumischen«, richtete ich mich vorsorglich an Bea. »Mir ist bewusst, dass dieser Kontaktversuch gescheitert ist.«

Diese Fregatten ließen mich unbeachtet stehen und setzten ihre Schimpferei fort.

»Du hast Recht, es ist eine Unverschämtheit, die sich dieser Möchtegernflugbegleiter erlaubt hat. Erst weist er mir den Weg nach vorne, zu Platz 8 dann fordert er mich auf, Sitz 15 einzunehmen und behauptet, ich sei falsch eingestiegen.«

»Hast du ihm deine Sitzplatznummer nicht gesagt?«

»Doch schon. Er hat mich förmlich dazu gezwungen, ihm meine Bordkarte unter die Nase zu halten. Wenn Sie mir ihre Bordkarte nicht zeigen, dann kann ich Ihnen nicht weiterhelfen, hat er gesagt. Ich hatte den Eindruck, er hielt mich für blöd. Sitzreihen bis 8 abzählen kann doch jedes Kind.«

Die beiden Damen blendeten mich völlig aus. Sie agierten so, als sei ich gar nicht anwesend. So eine geballte Arroganz war mir lange nicht begegnet.

»Sitz 15 ist doch gar nicht in der Reihe 8, oder?«

»Sicher, das weiß ich jetzt auch. Aber diese Information kann man mir absolut in einem freundlicheren Ton mitteilen, findest du nicht? Ich werde mich beschweren.«

»Mir ist er ebenfalls unangenehm aufgefallen. Er hat mich ignorant angeschaut und süffisant gelächelt, als ich ihm eine Frage gestellt habe.«

»Was hast du ihn denn gefragt?«

»Ich bat ihn nur, mir den Fränkischen Kurier auszuhändigen.«

»Und was hat er gesagt?«

»Mit diesem Service ist es lange vorbei. Fliegen Sie zum ersten Mal?«

»Eine Frechheit, dir zu unterstellen, nie geflogen zu sein. Wir werden uns gemeinsam beschweren.«

In dem Moment kam mit federndem Schritt die Reiseleiterin auf unsere Gruppe zu. Weitere Flüge von deutschen Flughäfen waren gelandet und brachten Urlauber mit, um unsere Reisegruppe zu ergänzen. Aber es gab Schwierigkeiten. Einige Fluggäste standen vergeblich am Kofferband. Sie hatten erfolglos Ausschau nach ihrem Gepäck gehalten. Dieses Problem hatte Vorrang und musste direkt geklärt werden.

Ich beobachtete, wie sich die beiden Damen, denen ich mich gerade vorgestellt hatte, der Reiseleiterin mit winkenden Armen und Hallo Rufen näherten. Sie wollten sich über diesen unverschämten Flugbegleiter beschweren.

Nina, die Reisebegleiterin, wimmelte die Damen dezent ab. Sie versprach, sich um das Anliegen zu kümmern und erklärte das Kofferproblem als vorrangig.

»Wir alle wollen doch so schnell wie möglich ins gebuchte Hotel«, sagte sie. Der allgemeine Zuspruch war ihr sicher. Mit verkniffenen Gesichtern und beleidigtem Gehabe stellten sich die beiden Meckerdamen abseits der Gruppe.

Ich entdeckte zwei blonde Frauen. Sie tuschelten und lachten. Ich hatte den Eindruck, sie waren zusammen angereist. Sie beeinflussten das Durchschnittsalter der Reisegruppe positiv, es sank, wenn auch nur unerheblich. Mit ihnen plante ich eine spätere Kontaktaufnahme. Sie hatten mir zaghaft zugewinkt und mich angelächelt.

Ich hielt Ausschau nach einer Sitzgelegenheit. Die einzige Möglichkeit auf diesem Platz waren meterhohe Buchstaben, die aneinandergereiht den Schriftzug Edinburgh bildeten. Wer bisher nicht realisiert hatte, wo er gelandet war, durfte es lesen. Es war kaum Platz, sich auf die Buchstaben zu setzten. Große Menschen wären nicht auf die Idee gekommen, sich auf einem dieser riesigen Buchstabenskulpturen auszuruhen. Mit hängendem Kopf und rundem Rücken fand ich ein Plätzchen im großen D und damit wenige Minuten Entspannung. Es bot sich von hier aus die Gelegenheit, meine Reisegruppe, die stetig wuchs, aus der Ferne in Augenschein zu nehmen. Extrem stach niemand aus der Gruppe heraus, auf den ich spontan zugehen würde. Viele standen mit dem Rücken zu mir. Die erste Schlappe meiner

Kontaktaufnahme hatte ich nicht vergessen. Ich entschied mich, weitere Begegnungen erst mal zurückzustellen. Eine bleierne Müdigkeit lähmte mich. Ich schloss die Augen, wünschte mir, mich nach hinten fallen zu lassen, und zack, läge ich in meinem frisch bezogenen Hotelbett. Ein halbes Stündchen Schlaf wären mir sicher. Die Bewegung schien ich durchgeführt zu haben. Zack hatte ich mir den Kopf am Großbuchstaben meiner Wahl gestoßen. Erschrocken riss ich meine Augen wieder auf. Der Schmerz schoss mir bis in die Fußspitzen. Das kuschelige Bett gab es nur in meiner Fantasie.

Just in diesem Moment sah ich eine Frau über den Platz schreiten. Sie stieg in ein bereitstehendes Taxi. Sie hätte die Zwillingsschwester von Bea sein können. Es musste eine optische Täuschung sein, denn Bea hatte keine Geschwister.

Unsere Gruppe, die mittlerweile vollzählig war, setzte sich in Bewegung. Ich zog ebenfalls das Gepäck hinter mir her, zielstrebig der Reiseleiterin Nina folgend. Wir erreichten den wartenden Bus. Dieser würde in der vor uns liegenden Woche täglich bereitstehen und uns herumkutschieren.

Der Parcours zur Bushaltestelle war in eine rechte und linke Seite aufgeteilt. In Schottland herrscht Linksverkehr, auf den Straßen, auf den Gehwegen, eigentlich überall. Die Kennzeichen auf unserem Weg zum Bus waren eindeutig.

Das Gemecker aus der Ferne war nicht zu überhören. Die beiden Damen, deren fränkische Ausdrucksweise ihre Herkunftsregion verriet und die sich über das Benehmen des Flugbegleiters noch nicht beruhigt hatten, schrieben auf ihre Liste der Unzufriedenheit, dass die Schotten ein unhöfliches Volk seien. Ihr empörendes fränkisches Geschwafel, das uns alle einhüllte, verstanden die Schotten nicht. Die beiden Fränkinnen liefen auf der falschen Seite des Gehweges. Sie wichen den Entgegenkommenden keinen Millimeter aus. In ihren Augen waren die Schotten die Schuldigen. Sie unterstellten ihnen mangelnde Rücksichtnahme gegenüber den touristischen Gästen.

Ich hielt mich mit dem Einsteigen in den Bus zurück, ebenso wie die alte Dame mit der azurblauen Jacke. Erst jetzt fiel mir auf, dass sie eine auffällig bunte Hose trug, die im Stil von Hundertwasser gestaltet war. Ihre Füße steckten in hohen schwarzen Schnürschuhen à la Doc Martens. Sie frönte genüsslich ihrer Zigarettensucht. Ich gab den Eiligen, die den Bus enterten, den Vortritt und beabsichtigte nicht, mir einen Platz zu erstreiten. Wir fuhren zwanzig Minuten bis zum Hotel, da musste ich nicht auf dem besten Platz im Bus sitzen, wobei ich gar nicht wusste, was diese Art von Sitzplatz ausmachte. Ich verfolgte durch die Busscheiben den Kampf um die bevorzugten Sitze und erschrak. Auf dem Fensterplatz in der dritten Reihe rechts saß Bea. Sie winkte mir lebhaft zu. Ihre Handbewegungen in Verbindung mit ihrem verkniffenen Gesichtsausdruck signalisierten mir, endlich einzusteigen. Lange kann ich dir diesen Superplatz nicht mehr freihalten, interpretierte ich in ihre Gesten hinein. Ich schloss die Augen. Mindestens eine halbe Minute lang. Leise zählte ich die Sekunden. Ich gab Bea Zeit, zu verschwinden.

»Come on, get in«, hörte ich eine männliche Stimme. Diese riss mich aus meiner Schockstarre. Der Busfahrer forderte mich auf, einzusteigen. Ich folgte der kleinen Raucherin. Im Dunst von kaltem Zigarettenrauch stieg ich ein und stand im Gang. Vorne war alles besetzt. In der Sitzreihe, in der mir Bea einen Platz freigehalten hatte, saßen die beiden Fränkinnen. Im Vorbeigehen nahm ich wahr, dass sie für sich in Anspruch nahmen, weit vorne zu sitzen, weil ihnen sonst übel werden würde. Die Dame auf dem Fensterplatz kicherte: »Der haben wir es aber gegeben«, flüsterte sie. »Wäre doch gelacht, wenn wir die beiden Plätze nicht frei-gequatscht hätten. Hast du gesehen, wie beleidigt sie nach hinten abgezogen ist.«

Ich entdeckte einen freien Platz neben einem sympathischen Herrn. Ich grüßte, fragte, ob dort frei sei. Er nickte freundlich und ich setzte mich. Mir schwirrte so viel im Kopf herum, dass ich mich mit einem Gespräch zurück-hielt.

»Müde?«, fragte er. Ich nickte. Wenn er wüsste, welche Entscheidung ich gerade getroffen hatte. Ich war mir sicher, es würde ihn erschrecken, darum schwieg ich. Die beiden Fränkinnen hatte ich auf meine Opferliste gesetzt. Sie hat-ten es mehr als verdient.

Ninas Stimme scholl durch den Bus. Sie weckte alle, die eine stille Auszeit genossen oder aus dem Fenster schauten und die ersten Eindrücke von Edinburgh in sich aufnah-men. Nach der Begrüßungszeremonie verkündete unsere Reiseleiterin eine Programmänderung. Die geplante Besich-tigung einer Whisky-Destillerie wurde vom fünften auf den zweiten Tag vorverlegt. Anfängliches Gemurmel schwoll an. Da gab es nichts zu diskutieren. Wer seine Reiseunterla-gen durchgelesen hatte, dem war klar, dass der Reiseveran-stalter zu solchen Änderungen befugt war. Es gab die Alter-native, einen halben Tag Edinburgh auf eigene Faust zu erkunden. Bis zum Abend hatten wir Zeit zu wählen. Mehr gab es dazu nicht zu sagen.

»Wie werden Sie sich entscheiden?«, frage mein Nachbar.

»Ich mache es vom Besuch der Innenstadt am Nachmittag abhängig. Aber meine Tendenz richtet sich auf die Besichtigung der Whisky-Destillerie. Und Sie?«

»Ich widme lieber mehr Zeit der Stadt. Whisky ist nicht so mein Getränk.«

Die Reibeisenstimme der Raucherin war zu hören. Beschwerden wurden laut. Sie war der Meinung, dass man nicht einfach so tauschen könne. »Das fängt ja schon mal gut an«, krächzte sie. »Wer ist dafür, dass wir diese Entscheidung der Reiseleitung boykottieren?«, fuhr sie fort.

Ich war froh, dass in ihrem direkten Umfeld Reisende saßen, die sie beruhigten und ihre Mobilmachung im Keim erstickten. Hatte ich mich von ihren blauen Augen täuschen lassen? Vorsorglich schrieb ich sie auf meine Opferliste, setzte aber ein Fragezeichen dahinter.

»Was halten Sie davon, wenn wir Edinburgh heute Nachmittag gemeinsam einen Besuch abstatten?«, fragte mich der Herr, der neben mir im Bus saß. Ich überlegte kurz und nickte. Wir verabredeten uns für später in der Hotelhalle.

Mörderische Inspiration in Edinburgh

Die Reiseleiterin nahm alle Eincheckunterlagen von einem Mitarbeiter des Hotels entgegen. Nina startete unverzüglich mit der Verteilung. Welcher Reihenfolge sie sich dabei bediente, war nicht erkennbar. Sich rücksichtslos vorzukämpfen, um damit schneller an die Reihe zu kommen, war sinnlos. Ich sah in mürrische Gesichter. Froh, eine der Ersten der Gruppe zu sein, die den Umschlag mit Informationen und die Zimmerkarte entgegennahm, strebte ich dem Aufzug zu. Ich ließ die Reisegruppe hinter mir. Das Genörgel der Fränkinnen waberte kontinuierlich durch die Hotelhalle. Die kleine Raucherin widmete sich unermüdlich dem Thema Ausflugstausch. Wenn man ihre krächzende Stimme nicht hörte, sah man Qualmwolken vor dem Hotelportal in den Himmel davonschweben. Ein weiteres Ehepaar trat in meinen Fokus. Sie waren mit dem Hotel nicht zufrieden. All diese negativen Wahrnehmungen verschwanden in dem wohltuenden Moment, in dem sich die Aufzugstür vor meiner Nase schloss.

Das Cityhotel machte auf mich einen guten Eindruck. Mit dem Zimmer war ich zufrieden. Großzügig aber zweckmäßig eingerichtet, erfüllte es meinen Anspruch an ein Stadthotel, in dem ich ohnehin nur einige Stunden verbringen würde. Das Bad war top modern und vor allem supersauber. Einzig die großen Müllcontainer auf der gegenüberliegenden Straßenseite boten keinen schönen Anblick. Direkt vor dem Haupteingang, hinter einem

Lattenzaun verborgen, lag eine Baustelle. Kräne reckten sich in den Himmel. Das war Alltag, wie er an jedem Flecken der Erde möglich war. Edinburgh hatte auch ein Leben jenseits des Tourismus. Mir war klar, dass es jemanden in meiner Reisegruppe gab, der sich darüber bei der Reiseleiterin beschweren würde.

Ich ließ mich auf mein Bett fallen. Für Entspannung blieben mir nur fünf Minuten.

»Meine Liebe! Sei bitte nicht böse«, wisperte mir Bea ins Ohr. »Da hast du dir aber eine seltsame Reisegruppe ausgesucht. Das Meckerpotential ist bei diesen Menschen extrem hoch. Findest du nicht?«

»Da magst Recht haben, aber damit das mal klar ist: Ich habe mir diese Gruppe nicht ausgesucht. Ich schätze, diese Reisegruppe repräsentiert in ihrer Vielfalt die Mitte unserer Gesellschaft. Ich mische mich nicht in ihre Befindlichkeiten ein. Wenn mir etwas nicht passt, schalte ich auf Durchzug. Löst sich das Problem damit nicht, habe ich Möglichkeiten, mich von solchen Menschen zu befreien. Mehr gibt es dazu nicht zu sagen.« Ich war zu müde, um mit Bea dieses Gespräch fortzusetzen.

»Eine gute Entscheidung«, bestätigte Bea. »Schau nach vorne, nehme nur das Positive wahr. Genieße deinen Urlaub.«

Woher kam dieser plötzliche Sinneswandel? Hatte sie sich damit abgefunden, dass ich ohne sie diese Schottlandreise erleben würde?

»Ich bin mir sicher, dass deine Opferliste stetig wachsen wird. Du kannst auf mich zählen. Wenn du aktiv wirst, bin ich zur Stelle. Unter Gleichgesinnten ist der Zusammenhalt besonders groß.«

Der Rundgang am Nachmittag hatte mir Edinburgh nahegebracht. Der erste Eindruck war überwältigend. Mir war klar, dass die Zeit, die für diese fantastische Stadt eingeplant war, nicht ausreichte, sie zu verinnerlichen. Ich wäre gerne tiefer in die Atmosphäre der Stadt eingetaucht. Wir hatten später am Tag eine Stadtrundfahrt geplant. Weiterhin stand die Besichtigung der Burg auf dem Programm. So hatte ich mich am Nachmittag aufs Bummeln beschränkt, versuchte mich auf -The Spirit of the City- einzulassen. Vorbei an alten Stadthäusern, dessen Fassaden mit einer ungeheuren Fülle an Blumen geschmückt waren, ging ich mit meinem Sitznachbar aus dem Bus, den ich heimlich Mr Buffalo getauft hatte, Richtung Grassmarket. Er trug einen Lederhut im authentischen Wild-West-Look, wie Buffalo Bill. Auch optisch, bis auf die Brille, erinnerte er mich an diesen erfolgreichen Büffeljäger.

Hier im Zentrum war die Pubszene zuhause. *Black Bull No 12* las ich. Daneben lud der Pub *The white Hart Inn* zum Verweilen ein. Am besten gefiel mir *The last Drop*. Meinem Begleiter schien die Vielfalt der Pubs auch zugefallen, denn er schoss unzählige Fotos. Später saßen wir gemütlich vor einem Pub und genossen ein schottisches Bier. Die Menschen zogen an uns vorbei, schlendernde Touristen, hetzende Geschäftsleute und diskutierende Studenten. Der Wind wehte kühl. Aber Sonnenstrahlen wärmten meine Haut. Ich war froh darüber, dass es nicht regnete. Dicke, dunkle Wolken formierten sich eine Zeit lang am Himmel, aber die Sonne setzte sich wieder durch. Schnell tauchte sie die Stadt in ein betörendes Licht. Aus dieser Perspektive, eingefangen in das Sonnenlicht, gefiel mir Edinburgh besonders gut.

Die beiden Fränkinnen schlichen am Pub vorbei. Ihre Gesichter strahlten Unzufriedenheit aus. Sie blieben in unmittelbarer Nähe unseres Tisches stehen. Sie sahen mich eindringlich an.

Ihre Blicke schienen mich zu durchlöchern. Was erwarteten diese Frauen von mir? Sollte ich sie auffordern, sich zu uns zu setzen? Den Gedanken verwarf ich sofort. Jetzt lag es an mir, zu bestimmen, wer Zutritt in meinen inneren Zirkel hatte und wer nicht. Mr Buffalo schüttelte den Kopf, sah mich an. Er suchte eine Bestätigung. »Hoffentlich fragen sie nicht, ob sie uns Gesellschaft leisten dürfen«, flüsterte er mir zu und zog sich seinen Lederhut tiefer ins Gesicht. Wir verstanden uns sofort und hielten diesem taxierenden Blick der Damen stand, bis sie ihn auflösten.

»Lass uns zum Hotel zurückgehen«, schlug die Brünette vor. »Ich habe von dieser Stadt alles gesehen. Mir reicht es. Außerdem geht es mir hier zu steil bergauf und bergab.«

»In dem mickerigen Pub scheint kein Stuhl mehr für uns frei zu sein. Wir sind hier nicht willkommen«, sagte die andere Dame. Dieser Satz schien eindeutig an mich gerichtet zu sein.

»Ein idyllisches Plätzchen habt ihr euch ausgesucht. Gibt dich nur nicht mit diesen unzufriedenen Weibsbildern ab«, meldete sich Bea.

»Hast du dir schon überlegt, wie wir die beiden um die Ecke bringen können?«

»Nein, ich bin erst ein paar Stunden in Schottland. Ich gönne mir noch Zeit und warte ab. Außerdem werde ich nichts überstürzen. Sollte es tatsächlich nötig sein, wird sich eine passende Gelegenheit finden. Jetzt verschwinde.« Ich sah Mr Buffalo mit zwei neuen Getränken auf mich zukommen.

Am Abend, bevor wir in den Pub gingen, den die Reiseleitung ausgesucht hatte, um dort gemeinsam das Abendessen einzunehmen, traf ich in der Hotelhalle auf Nina. Sie hielt die Teilnehmerliste für die morgigen Aktivitäten parat und trug mich in die Spalte der Gäste ein, die am nächsten Tag die Whisky Destillerie besuchen würden.

Mörderische Gedanken zwischen Mälzen, Fermentieren und Destillieren

Ich hatte die richtige Wahl getroffen, indem ich mich für die Besichtigung der Whisky Destillerie entschieden hatte. Der Bus stand bereit. Ich ergatterte einen Fensterplatz. Zum Glück blieb der Sitz neben mir frei, denn nicht alle Gäste begeisterten sich für diese Tour. Ich stellte meinen Rucksack auf den Nachbarsitz, damit Bea nicht auf die Idee kam, neben mir Platz zu nehmen. Am Frühstückstisch hatte ich folgende negative Bemerkungen vernommen.

»Wie blöd muss man sein, sich für diesen Ausflug zu entscheiden. Da sitzt man zwei Stunden im Bus und lässt sich durch die Gegend kutschen. Dann wird man durch die Destillerie getrieben, ist schneller wieder draußen, als einem lieb ist. Zur Krönung gibt es ein winziges Schlückchen Whisky zum Probieren. Darauf kann ich verzichten. Anschließend liegen zwei Stunden Rückfahrt nach Edinburgh vor uns. Alles vertane Zeit.«

»Kannst du nicht wenigstens beim Frühstück mal den Mund halten?«, zischte der männlicher Tischnachbar seine Begleiterin an. Er schien wütend zu sein, denn er echauffierte sich dermaßen, dass von seinem Scrambled Eggs on Toast winzige Eipartikel aus seinem Mund über den Tisch katapultiert wurden.

»Pass auf, das ist ja ekelig«, schrie die Dame, die ihm gegenübersaß. Mittlerweile konzentrierte sich die

Aufmerksamkeit mehrerer Gäste auf dieses Pärchen. Der Mann duckte sich weg. Leise sprach er weiter.

»Ich hab dir gesagt, dass du hierbleiben kannst. Quäle dich alleine durch die Stadt und durch die Geschäfte. Ich besichtige die Destillerie. Ende der Diskussion.«

Ich stellte mein Frühstück wieder auf das Tablett zurück. Weiter hinten im Speiseraum waren jede Menge Stühle unbesetzt. Dort wählte ich mir einen Platz aus ohne Tischnachbarn, die mir auf die Nerven gingen. Die meisten Gäste suchten die Nähe zum Büfett. Damit sicherten sie sich den kürzesten Weg zur ersten Nahrungsaufnahme des Tages.

Jetzt im Bus huschte mein Blick über die Gästeschar hinweg. Ich war froh, weit genug von diesem Ehepaar entfernt einen Platz eingenommen zu haben. Doch kein Shopping, stellte ich fest und entdeckte das unzufriedene Gesicht der Frühstücksmeckerdame.

Auf der kurzen Strecke durch die Vororte der Stadt überlegte ich, wen von den beiden ich auf meine Liste setzen sollte. Er hatte kein Benehmen. Sie war eine dieser Meckertanten, die einem alles vermiesten. Umgangsformen kann man erlernen, dachte ich. Aber die Eigenschaft penetrant zu maulen ist ein angeborener, äußerst negativer Wesenszug. Meine Entscheidung fiel auf den weiblichen Part. Zählen konnte sie ebenso wenig wie die blonde Fränkin. Wenn ein Ausflug mit vier Stunden Gesamtzeit angesetzt war, für die Besichtigung zwei Stunden eingeplant waren, dann blieben für Hin- und Rückfahrt zwei Stunden.

Welcher Rechenmethode bediente sie sich, dass sie auf die doppelte Fahrzeit kam?

»Ich weiß, dass du mich am liebsten verbannen würdest«, flüsterte mir Bea zu. »Aber ich muss jetzt eine Bemerkung loswerden. Du hast die richtige Wahl getroffen. Lass dir deine Begeisterung für den Whisky und die damit verbundene Erinnerung an deinen lieben Mann nicht trüben. Halte dich von dieser Frau fern.«

Die Landschaft war atemberaubend. Sie kam meiner Vorstellung von Schottland immer näher. Wir passierten kleine Orte mit urigen Steinhäusern, viele reichhaltig eingebettet in eine gigantische Blumenpracht. Die Ortsdurchfahrten öffneten mir das Herz. Nina griff zum Mikrofon. Sie versuchte, uns dieses Land greifbar zu machen. Ihre Begeisterung war ansteckend. Auf mich schien der Funke überzuspringen. Wie zu erwarten war, knatschten einige Gäste spontan los. Sie fühlten sich in ihrem Schlaf gestört.

»Muss das jetzt sein?«, bemerkte die Frühstücksmeckerdame. »Mich interessiert das Gequatsche nicht. Das habe ich alles schon einmal gehört.«

Wir passierten die Grenze zwischen den Lowlands und Highlands. Diese grüne seicht hügelige Landschaft passte genau zu meiner Vorstellung von Schottland.

Die Spannung auf die Destillerie wuchs. Zwischen hohen Bäumen und einem leisen dahin plätschernden Bach lagen die weißgetünchten Gebäude der Whiskybrennerei. An diesem Morgen waren wir die einzige Besuchergruppe. Wir wurden freundlichst auf Englisch begrüßt. Die Führung fand ebenfalls in englischer Sprache statt. Nina übersetzte für diejenigen, die nicht folgen konnten. Ich war begeistert. Ich verstand alles. War mein Englisch doch nicht so eingerostet, wie ich befürchtet hatte? Ich lernte etwas über das Mälzen, die Trocknung, das Schroten und Maischen, die Fermentation und die Destillation, die Fassabfüllung, die Reifung und das Bottling.

Aber Whisky löst nicht den Wunsch nach einem alkoholischen Getränk an sich aus. Whisky ist ein Mythos, der das Land, die Geschichte, sowie die Liebe zu beidem beschreibt. Mein verstorbener Mann war Whiskyfan und Mitglied in einem *Single Malt Whisky Club* gewesen. Dieser Ausflug in die Welt seines Hobbys brachte ihn mir nahe und weckte Erinnerungen an seine Begeisterung für dieses edle Getränk.

Zur Whiskyverkostung wurden wir in einen Raum geführt, der geschmackvoll und hochwertig eingerichtet war. Über der Bar hing ein tropfenförmiger Glasleuchter. Er bestand aus unzähligen bronzefarbenen Glasblättern, die durch die dahinterliegenden Lichtquellen den Raum in eine warme, angenehme Helligkeit hüllten.

Auf der Theke standen die Whiskygläser, die mit einer braunen Flüssigkeit gefüllt waren. Wie eine funkelnde Perlenkette reihten sich die Gläschen aneinander. Es waren keine aus Plexiglas lässig dahingestellten Pinnchen. Die bauchigen Gläser waren nötig, um die Vielfalt der Gerüche eines Whiskys durch leichtes Schwenken erlebbar zu machen. Das Licht brachte den Whisky zum Strahlen und das spiegelte zusätzlich die Exklusivität des Getränks.

»Bevor sie jetzt zugreifen, erzähle ich Ihnen etwas darüber, wie man einen Whisky verkostet«, übersetzte Nina. »Zuerst nimmt jeder eine kleine Pipette zur Hand. Dann träufelt jeder einen winzigen Tropfen Wasser in sein Glas. Whiskykenner wissen, dass dieses Tröpfchen dafür sorgt, dass sich das Aroma besser entfaltet«, erklärte Nina.

»So ein Quatsch, ich verdünn mir das Gesöff nicht«, sagte die Dame neben mir.

»Darf ich Ihnen behilflich sein«, nahm ich eine mir vertraute Stimme wahr. Warum mischte sich Bea mit so einem süßen Gesäusel in die Verkostung ein?

»Wenn dieser Wassertropfen unbedingt sein muss. Na, machen Sie schon«, hörte ich eine weibliche Stimme neben mir.

»Jetzt halten Sie sich ein Nasenloch zu, am besten mit geschlossenen Augen. Konzentrieren Sie sich darauf, was Sie riechen«, übersetzte Nina.

»Blumig«, rief jemand, »wie eine Wiese im Frühling.«

»Torfig«, hörte ich.

»Ein leichter Duft nach Malz«, sagte der Herr neben mir.

»Ha, ha, dass ich nicht lache«, sprach die Dame zu meiner Rechten. »Zuhause kaufst du nur den billigen Fusel von Aldi und hier lässt du den Fachmann raushängen.«

»Wenn Sie sich streiten wollen, dann gehen Sie vor die Tür«, sagte ein älter Herr energisch. »Stören Sie nicht diese Zeremonie.«

Ich sah nach rechts und nach links. Das Paar, das mir mein Frühstück vermiest hatte, flankierte mich. Die Frau beugte sich jetzt zu mir herüber. Sie demonstrierte eine mir unverständliche Solidarität. Sie flüsterte mir ins Ohr: »Mimen Sie auch den Whiskykenner? Und langweilen Sie sich ebenso wie ich? Ich kann dieses blöde Getue nicht ertragen. Außerdem ist es immer wieder dasselbe. Hab ich alles schon auf den Orkney-Inseln gehört.«

Sie bewegte ihr Whiskyglas zum Zeichen der Verbrüderung auf das meine zu. Ohne mein Dazutun touchierten sich die Gläser. Ein klirrender Ton war zu hören.

»Prost! Weg damit«, sagte sie, setzte das Glas an ihre Lippen und kippte das edle Getränk hinunter, als schüttete sie sich einen klaren Schnaps in einer Fußballkneipe in den Hals.

»Wir halten uns jetzt das andere Nasenloch zu. Sie werden erstaunt sein, was jetzt passiert.«

»Das ist ja ein komplett differentes Geruchsempfinden«, sagte jemand.

»Jetzt duftet der Whisky würzig«, rief ein Teilnehmer der Verkostungsgruppe.

»Ich könnte schwören, er hat einen maritimen Charakter«, flüsterte jemand.

Vorsichtig nahm ich einen winzigen Schluck. Dieser Whisky schmeckte köstlich. Mild und warm füllte er meinen Mundraum aus und strömte sanft durch meine Kehle.

»Wie sieht es mit einem kleinen Nachschlag aus?«, war die letzten Worte, die ich von dieser unangenehmen Frau hörte. Durch die Scheiben sah ich sie später, mit ihrem Mann, draußen am Ufer des Bachs stehen. Sie stritten sich heftigst.

Zurück in Edinburgh hielt der Bus wie geplant am Grassmarket. Dort trafen wir auf den anderen Teil unserer Reisegruppe. Im Pub Buddy Mulligens hatten wir uns zum gemeinsamen Lunch verabredet. Mr Buffalo war schon da. Er saß mit den beiden netten Damen zusammen, die mich am Flughafen so herzlich angelächelt hatten. Leider war an seinem Tisch kein Platz mehr frei. Aber ich wollte ja möglichst viele Teilnehmer meiner Reisegruppe kennenlernen. Ich wählte eine Sitznische aus, in der bereits ein Ehepaar und zwei Damen saßen. Nach der Vorstellungsrunde stellte ich fest: Es war der Nordrhein-Westfalen-Tisch, bestehend aus einem supernetten Rentnerehepaar aus Düsseldorf und zwei ebenfalls aus dem Rheinland stammenden pensionierten Lehrerinnen. Es war so angenehm, sich auf einer positiven Basis zu unterhalten. Kein Gespräch wurde durch Gemecker unterbrochen.

Ein kleiner Zwischenfall nervte. Ein älteres Paar kam an unseren Tisch. Der Mann war sehr unscheinbar. Er wurde im Schatten seiner Frau zu einem Nichts. Ich erinnere mich kaum an ihn. Dafür trat aber seine Begleiterin aufdringlich in den Vordergrund. Sie beabsichtigten, sich an unseren Tisch zu setzen. Die Dame forderte uns auf, zusammenzurücken. Mit etwas gutem Willen wäre noch ein Sitzplatz in unserer Runde auf der Bank möglich gewesen. Die Chance bestand, einen einzelnen Stuhl zu ergattern und somit einen weiteren Platz vor Kopf des Tisches im zugigen Gang einzunehmen. Aber zusammenrutschen wollte ich nicht. Ich saß am Ende der Bank. Genau das gefiel mir. So konnte ich aufstehen, zur Bar gehen, mir ein neues Getränk holen, wann ich es wollte. Ich brauchte niemanden bitten, sich für mich zu erheben.

»Das ist ja eine Unverschämtheit«, zischte sie mich an. Wütend stapfte sie mit ihren Teenieboots auf den Boden. »Jetzt rücken Sie schon auf!«

»Nein«, sagte ich. »Ich möchte gerne hier am Rand sitzen bleiben. Wenn Sie mögen, lasse ich Sie durchrutschen.«

»Sag du doch auch mal was«, forderte sie ihren Mann auf.

»Das darf doch wohl nicht wahr sein«, brüllte sie, »jetzt rutschen Sie schon auf.«

»Nein! Ich wiederhole mich ungern.«

»Ich lass mich hier nicht von Ihnen einquetschen«, sagte sie, drehte sich um und stob davon. Ich auch nicht, dachte ich. Dann sind wir uns ja einig. Ihren verdatterten Mann ignorierte sie. Er blieb eine Zeitlang stehen und gaffte uns an. Dann gab auch er auf und verschwand in der dunklen Tiefe des Pubs.

»Haben Sie ihre Schuhe gesehen? Ein sehr ausgefallenes Modell. Wissen Sie, dass es vegane Schuhe sind?«, fragte die Düsseldorferin. »Ich hab sie neulich in einem exklusiven Geschäft in der Schaufensterauslage gesehen. Vegane Mode von Kopf bis Fuß. Schweineteuer!« Ich musste lachen. Ein veganes Produkt als schweineteuer zu bezeichnen, hörte sich für mich absurd an.

Gerne hätte ich mir jetzt ein kleines Guinness an der Bar bestellt, aber ich zögerte einen Moment. Es bestand die Möglichkeit, dass diese Dame mit den veganen Boots zurückkehrte, wenn sie sah, dass ich aufgestanden war. Ich entdeckte Mr Buffalo, der auf die bunten Messingzapfhähne der Theke zustrebte.

»Halten Sie mir bitte den Platz frei«, bat ich meine Tischnachbarn. Sie grinsten mich an und blinzelten mir zu.

»Das ist doch Ehrensache. Wir Nordrhein-Westfalen müssen zusammenhalten«, sagte eine der Lehrerinnen. Sie grinste schelmisch und kniff mir ein Auge zu.

»Na, wie war der Ausflug in die Welt des Whiskys«, fragte mich Mr Buffalo.

»Von megainteressant bis mörderisch. Es gibt eine Menge zu erzählen.«

Mein regionaler Tisch hatte aus der Vielfalt der vorbestellten Speisen gewählt und zusammen hatten wir zusätzlich eine Portion Haggis bestellt. Für dieses schottische Nationalgericht begeisterte sich spontan nicht jeder in unserer Runde. Der Nordrhein-Westfale ist meistens pingelig und handelt nach der Erfahrung seiner Vorfahren: Watt der Bur net kennt, dat fret er net. Die Portion Haggis, die aus zerkleinerten Organen von Lunge, Herz und Leber eines Schafes, durchgeknetet und angereichert mit Hafermehl und Zwiebeln besteht, wurde zuerst serviert. Die Masse wurde in einen Schafsmagen gestopft. So ein wurstähnliches Gebilde lag jetzt angerichtet mit Kartoffelpüree und dekoriert mit Petersilie auf einem Teller vor uns. Meine Tischrunde beäugte voller Neugier diese optisch nett anzusehende Speise. Alle durften probieren. Niemand jubelte. Ich schluckte nur und wagte nicht, zu kauen. Beschwerden kamen keine. Aber die Portion aufessen wollte niemand, aber genörgelt wurde nicht. Wie angenehm, dass nicht jede Begegnung mit Menschen der Reisegruppe meine Opferliste verlängerte.

Am Ende unserer informativen Stadtrundfahrt stand Edinburgh Castle auf dem Programm. Die imposante Burg, die auf einem Vulkanhügel thront, beherrscht das Häusermeer der Stadt. Fast 3000 Jahre überdauerte die Festung, bis sie im Jahr 600 als Din Eidyn, Eidyns Festung, in die Geschichte einging. Aus dieser gälischen Bezeichnung hatte sich der Name Edinburgh Castle entwickelt. Vom 12. bis 18. Jahrhundert war diese Burg Zankapfel zwischen den schottischen und englischen Königen. Heute ist Edinburgh Castle die meistbesuchte

Sehenswürdigkeit der Stadt. Das wurde mir schlagartig klar, als ich aus dem Bus ausstieg. Ich war umzingelt von Touristen eines immensen Ausmaßes. Ein Foto ohne Urlauber war nicht möglich. Ich muss gestehen, dass ich bereits auf dem Weg vom Busparkplatz zum Haupteingang Schwierigkeiten hatte, meine Reisegruppe nicht zu verlieren. Es war mir bewusst, mich mit dieser Masse Menschen auseinandersetzen zu müssen. Taktieren war von Nöten, denn diese Besichtigung sollte keine negativen Erinnerungen bei mir hinterlassen. Das hieß meinen meckernden Mitreisenden aus dem Weg gehen. Mich nicht in die Regionen der Burg begeben, in denen die Menschen Schlange standen. Ich ging mit Mr Buffalo auf Erkundungstour und wir nutzten die zur Verfügung stehende Zeit perfekt. Wir fanden Nischen und Aussichtspunkte, an denen sich nicht die große Masse der Touristen drängte, die aber nicht minder bemerkenswert waren.

Der Bus nahm uns wieder auf und Ruhe legte sich über die Reisegruppe. Aber die Kunst, sich auf Positives zu konzentrieren und sich von Widrigkeiten nicht die Laune verderben zu lassen, beherrschten die wenigsten. Die Burgbesichtigung löste ein gigantisches Gemecker über die hohe Anzahl der Besucher aus. Die Suche nach einem möglichen Schuldigen begann.

Erneut teilte sich unsere Reisegruppe. Einige Gäste fuhren zum Hotel zurück, andere verweilten den Rest des Tages in der Innenstadt.

Mörderische Anregungen
auf Stirling Castle

Todmüde fiel ich in mein Hotelbett. Ich musste mich ausruhen, wenigstens ein halbes Stündchen. Im Zimmer war es dunkel, als ich aufwachte. Verschlafen rieb ich mir die Augen. Mir war nicht bewusst, dass ich die Vorhänge zugezogen hatte. Völlig geschafft ließ ich mich zurück auf das Kopfkissen fallen.

»Na, meine Liebe. Hast du gut geschlafen? Ich hatte mir vorgenommen, dich pünktlich zu wecken. Aber dein neuer Reisebekannter ist bisher nicht wieder aufgekreuzt. Die meisten haben sich in ihre Zimmer verzogen und schauen, was das schottische Fernsehprogramm für sie bereithält. Andere deiner Reisegruppe haben Spaß in den Pubs der Umgebung. Der Zapfhahn, aus dem Guinness fließt, versiegt nicht. Ich habe es vorgezogen, dir den Schlaf zu gönnen.«

»Wie fürsorglich von dir«, antwortete ich. »Was geht es mich an, wer sich wo amüsiert. Lass mich in Ruhe! Mr Buffalo entscheidet selbst, wann er ins Hotel zurückkommt. Wir sind nicht verabredet.«

Ich griff nach meinem Handy. Keine Nachricht von Mr Buffalo. Ich kuschelte mich wieder in die Bettdecke ein und fiel in einen leichten Schlaf.

»Ich habe meinen Tag genossen, falls es dich interessiert, was mich so umgetrieben hat. Es war eine elegante Lösung, wie wir uns von dieser Whiskymiesmacherin befreit haben. Als ich sah, wie du diese Pipette in Hand nahmst und deinem edlen Getränk ein Tröpfchen Wasser zugefügt hast, sah ich mich berufen, zu handeln.«

»Ich habe keine Ahnung, wovon du redest. Bitte, Bea, lass mich weiterschlafen.« Ich zog mir die Decke über den Kopf.

Gepolter und Stimmen vor meiner Tür weckten mich erneut auf. Kamen die letzten Gäste aus den Pubs zurück? Das Gerede auf dem Flur entfernten sich schnell wieder. Türen wurden laut zugeschlagen.

Was hatte Bea vorhin zu mir gesagt? Sie hatte handeln müssen. Ich schlief wieder ein und träumte von Pipetten und Whisky. Beas Stimme drang an mein Ohr. Sie bot den Gästen ihre Hilfe an und reichte ihnen die Plastikröhrchen gefüllt mit Wasser. Die schreckliche Dame neben mir nahm von Bea auch ein gefülltes Röhrchen entgegen. Glasklar wie bei den anderen Gästen war die Flüssigkeit in dieser Pipette nicht.

Am Frühstückstisch war ich nicht alleine. Mr Buffalo hatte mir in den frühen Morgenstunden eine WhatsApp geschrieben und mitgeteilt, wann er zum »Breakfast« eintreffen würde. Er saß in Gesellschaft an einem größeren Tisch vor einer gut gefüllten Schüssel Müsli.

»Das sind Jürgen und Sabine«, stellte er das Paar vor.

Ich grüßte freundlich und besorgte mir zuerst einmal einen Kaffee. Dann setzte mich zu ihnen.

»Ob ihr es glaubt oder nicht, ich habe vergessen, wie ich gestern Abend im Dunkeln zum Hotel zurückgefunden habe. Ich kann mich nur noch daran erinnern, wie schwierig es war, diese Erhebung mitten in Edinburgh, mit Namen Arthur`s Seat, zu erklimmen. Einige Male kam ich ins Straucheln.«

Ich bemerkte, wie Mr Buffalo seine Handflächen begutachtete.

»Beim Abstieg hat es mich erwischt, ich muss ausgerutscht sein. Es war ein gefährlicher Pfad.« Mr Buffalo sah zu mir herüber.

»Haben Sie sich verletzt?«, fragte ich besorgt. »Nein, nein, alles okay.«

»Na, da bin ich aber froh, dass ich Sie nicht begleitet habe«, sagte ich.

»Sie haben die beste Aussicht auf Edinburgh und einen unglaublichen Sonnenuntergang verpasst. Dieses Farbspiel war phänomenal. Wenn Sie die Fotos sehen, werden Sie staunen.«

»Habt ihr gehört, dass jemand verschwunden ist?«, erzählte Jürgen.

»Wie verschwunden?«, fragte ich.

»Es wird gemunkelt, dass es die Dame ist, die sich mit ihrem Mann in der Whiskydestillerie derbe gestritten haben soll. Ich habe gehört, dass sie auf dem Rückweg kein Wort miteinander gesprochen haben. Mehr können wir dazu nicht sagen, wir haben die Verkostung ja nicht mitgemacht.« Jürgen sah Sabine an und sie nickte.

»Sie hat gestern Abend noch einen Spaziergang unternommen. Alleine. Zumindest sind die beiden blonden Damen dort drüben ihr auf dem Heimweg kurz vor dem Hotel begegnet«, flüsterte Sabine.

Ich sagte nichts zu diesem ominösen Verschwinden. Besonders die Begegnung mit ihr bei der Whiskyverkostung erwähnte ich nicht. Was Bea mir in die Träume gelegt hatte, beabsichtigte ich, nicht mit ihnen zu teilen. Es ging niemanden etwas an. Ich bestätigte, dass es eine unangenehme Reiseteilnehmerin sei, ich aber nicht auf sie geachtet hätte.

John, der Busfahrer, hievte meine Reisetasche in eines der großen Schubfächer des Busses. Ich stieg derweilen ein. Mr Buffalo war nicht zu sehen. Ich ging davon aus, dass wir uns wieder nebeneinandersetzten und wählte einen freien Doppelsitzer aus. Um den Fensterplatz würden wir uns nicht streiten. Der Mann der angeblich verschwundenen Frau saß weit hinten. Er hatte sich ein Kuschelkissen in die Halsbeuge geklemmt. Seine Augen geöffnet, schaute er teilnahmslos aus dem Fenster. Ob sich seine Partnerin einen anderen Einzelplatz ausgewählt hatte? Oder hatte sie sich tatsächlich in Luft aufgelöst? Nach kurzer Überlegung war ich mir sicher, dass sie unsere Reisegruppe verlassen hatte. Nina wird die Sache schon geregelt haben, vermutete ich. Dennoch dachte ich kurz an Bea. Wer weiß, was sie ihr verabreicht hatte. Einen Meckerbolzen weniger schoss es wie ein Blitz durch den Kopf.

»Ich an deiner Stelle würde mich woanders hinsetzen«, schlug mir Bea vor.

»Warum, die Plätze sind doch perfekt. Keine Gardine vor der Nase, blanke Scheiben, jede Menge Beinfreiheit, was will man mehr von einem Platz in einem Reisebus erwarten?«

»Da vorne auf der anderen Seite sind zwei bessere Plätze frei.« Bea ließ nicht locker. Ich blieb sitzen. »Wenn du jetzt nicht tauschst, sind sie in den nächsten fünf Minuten belegt.«

»Dann ist das halt so. Es wäre mir angenehm, wenn du schweigen würdest.«

»Warum bist du nur so ablehnend?«

Nina betrat zuletzt den Bus. Sie machte einen nervösen Eindruck. Unsere Reisegruppe mit den vielen Besonderheiten schien sie zu stressen. Sie nahm das Mikro in die Hand. »Guten Morgen zusammen«, sagte sie und im Chor antworteten ihre Schäfchen: »Good morning Nina and John.«

»Everybody on board?«, fragte sie.

»Eine Person fehlt. Ist ja mal wieder typisch, kommt als Letzter am Abend ins Hotel getorkelt und erdreistet sich jetzt auf die allerletzte Minute in den Bus einzusteigen.«

Dieser blöde Kommentar kam von einer der beiden Damen hinter mir. Jetzt verstand ich, warum Bea mich aufgefordert hatte, mich umzusetzen. Die Fränkinnen hatten dort Platz genommen.

Ich beobachtete vom Fenster aus, wie Mr Buffalo seine Koffer dem Busfahrer übergab. Jetzt betrat er mit einem freundlichen Guten Morgen auf den Lippen den Bus. Er winkte mir zu und peilte den freien Sitz neben mir an.

Wir fuhren los. Ich ging davon aus, dass alle an Bord waren. »Was ist mit der als vermisst geltenden Dame?«, fragte mich mein Sitznachbar. Ich zuckte nur mit den Schultern.

»Dann wird sie auf irgendeinem Platz sitzen oder sie ist offiziell abgemeldet«, sagte Mr Buffalo. Damit hakte auch er das Problem ab, das zudem nicht das unsere war.

Die Fahrt zum ersten Stopp, Stirling Castle, war nicht so entspannt, wie ich erwartet hatte. Die Streitgespräche, wer welchen Platz in diesem Bus belegen durfte, waren zu einer heftigen Diskussion angewachsen. Die einen beklagten sich, dass man ihre leeren Mineralwasserflaschen von den am Vortag reservierten Plätzen entfernt hatte. Andere beschwerten sich, dass ihre leeren Kekspackungen, die sie als Besetztzeichen auf ihrem Sitz hinterlassen hatten, verschwunden waren. Ich muss nicht erwähnen, dass meine Reisegruppe eine rein deutsche Reisegruppe war. Fremdschämen war keine Seltenheit. Der Klischee-Deutsche kann aus seiner Urlaubshaut nicht heraus. Nina klärte die Situation auf. »Es werden keine Sitzplätze reserviert. Jeder kann frei seinen Platz wählen. Der Busfahrer säubert am Abend seinen Arbeitsplatz, damit sie am nächsten Tag wieder einen perfekten Bus vorfinden. Er räumt den Müll weg, dazu zählen leere Getränkeflaschen ebenso wie Verpackungsmaterial.«

»Ich kann aber hinten nicht sitzen, da wird mir immer schlecht.«

»Dann müssen Sie halt früh genug am Bus sein oder freundlich um einen Sitzplatztausch bitten, sollte Ihr Wunschplatz besetzt sein«, rief jemand über die Köpfe hinweg.

Am Ende einigten sich die Gäste darauf, dass der am Tag gewählte Platz für einen Tag galt. Erst am nächsten Morgen durfte neu ausgewählt werden.

Mr Buffalo und ich unterhielten uns leise und erzählten uns von unseren unterschiedlichen Erlebnissen des Vortags. Jedes Mal, wenn Ninas Stimme aus dem Mikrofon erklang, brachen wir abrupt unser Gespräch ab und lauschten ihren Ausführungen.

»Gleich werden wir von weitem Stirling Castle sehen«, sagte sie. »Dafür müssen Sie nach rechts aus dem Fenster schauen. Die Burg liegt auf einem Hügel, der ebenfalls aus Vulkangestein besteht. Von 1100 bis 1685 war Stirling Castle eine der Hauptresidenzen der schottischen Könige. Am 09. September 1543 wurde dort Mary Stewarts gekrönt. Die Burg wurde stets bekämpft. Zwischen den Schotten und den Engländern ging es ständig hin und her.

Das Castle wurde zerstört und wieder aufgebaut. Erneut geschunden und wieder hergerichtet.« Nina erzählte mit Inbrunst von den verlustreichen Schlachten. Wir erfuhren, dass sich dieses blutige Gemetzel über Jahrhunderte fortsetzte.

Der frühe Start am Morgen hatte sich gelohnt. Wir waren die ersten Besucher an diesem Tag, die diese Sehenswürdigkeit in Augenschein nahmen. Die Aussicht in die Ferne von Stirling Castle war ein Blick über die Schlachtfelder. Angeregt von Ninas Erzählungen bildete ich mir ein, das Klirren der Schwerter und die Rufe und Schreie der Kämpfer zu hören. Ich lehnte meine Arme auf das dicke Gemäuer und genoss es, hier oben auf der Burg alleine zu sein. Der Wind wehte kühl. Aber die Sonne würde nicht mehr lange zögern und die Oberhand am Himmel gewinnen. Unsere Gruppe hatte sich weit über das Areal verteilt, dass die Unterhaltungen meiner Mitreisenden nicht zu hören waren. Pferdegetrappel und Schlachtrufe ließen mich erschaudern. Ich senkte die Augenlider. Die Szenen des Films Braveheart zogen vor meinem inneren Auge vorbei. Ich sah die schottischen Krieger im Kampf für die Freiheit, mit erhobenen Schwertern auf die Engländer zu laufen. Sie schwenkten ihre Fahnen. Ich erschrak und duckte mich.

Dieses war der zweite geschichtliche Kriegsschauplatz, den wir besichtigten.

Aber mein Augenmerk sollte nicht allein auf Kampf, Zerstörung, Macht und Gemetzel ausgerichtet sein. Meine Begeisterung galt der Pflanzenwelt. Diese trug die

Handschrift eines Pflanzenliebhabers. Die Beete rund um das Schloss waren übervoll mit blühenden Blumen bepflanzt. Die Arrangements waren eine Augenweide. Viele Gewächse kannte ich nicht. Ich erinnerte mich an meine Pflanzen App, die ich auf meinem Handy installiert hatte. Jetzt kam sie mehrfach zum Einsatz. Dann las ich eine Information auf meinem kleinen Bildschirm, die mich stutzen ließ.

… aus der Familie der Zeitlosengewächse … wurde 2010 zur Giftpflanze des Jahres gewählt … kommt in Südirland und in Südengland vor, erstreckt sich bis auf die iberische Halbinsel. Ich hatte keine Blüten der Herbstzeitlosen gesehen. Die Pflanze trug erst im Herbst ihre Pracht, wie der Name es sagt. Ich schob das Phänomen, dieses Gewächs hier entdeckt zu haben, auf den Klimawandel. Ich kannte den Umgang mit dieser Pflanze. Unbemerkt ließ ich die kleine Plastiktüte mit zwei Blättern darin in die leere Außentasche meines Rucksacks gleiten.

Anschließend widmete ich mich den Gebäuden und genoss es, die geschichtlichen, perfekt restaurierten Gemäuer in Ruhe zu besichtigen. Bis auf Mr Buffalo, der ab und zu meinen Weg kreuzte, sprach ich auf dieser Burgbesichtigung mit niemandem. Ich korrigiere. Ein Dankeschön kam über meine Lippen, als ein netter junger Mann aus meiner Reisegruppe so umsichtig war, mir seine Hand zu reichen, weil ich Schwierigkeiten hatte, von einer Mauer herunterzuspringen.

»Was für ein Gemetzel«, sagte Bea und stöhnte. »Die professionell angelegten Gartenanlagen waren ein perfekter Gegenpol, nicht wahr? Du solltest langsam zum Bus zurückgehen. Der Fotostopp ist gleich beendet. Möchtest du die Letzte sein, die in den Bus einsteigt? Dann wirst auch du von den Meckerdamen abgewatscht. Sie sind kurz ausgestiegen. Nach einem kleinen Rundumblick haben sie festgestellt, dass es sich hier für sie nicht weiter lohnt, sich umzusehen.«

»Für mich war die Besichtigung von Stirling Castle beeindruckend. So fühlt sich ein entspannter Urlaubstag an. Du musst mich nicht an Menschen erinnern, die das nicht so sehen!«, gebot ich Bea Einhalt.

Mörderische Idee
auf dem Loch Lemond

Die nächste Sehenswürdigkeit in dieser Region, die auf unserem Programm stand, war Loch Lemond. Wir durchfuhren eine der malerischsten Landschaften, die ich je gesehen hatte. Das unterschwellige Gemecker hinter mir ebbte nicht ab. Ich versuchte abzuschalten und stellte meinen Gehörgang auf Durchzug. Aber es gelang mir nicht. Dieses negative Gequatsche war unerträglich. Ich beneidete Mr Buffalo, denn er schaffte es, einzunicken. Er nutzte die Busfahrt, um versäumten Schlaf nachzuholen.

An der Straßensperre einer Baustelle stoppte John unseren Bus. »Da geht es für uns nicht weiter. Die vorgeschlagene Umleitung ist für den Bus nicht geeignet«, übersetzte Nina durchs Mikrofon. »Wir sind zu schwer. Das Gepäck in den Fächern unten im Bus wiegt eine Menge. Die Ausweichmöglichkeit, die hier angegeben ist, führt uns über eine Brücke, die das Gesamtgewicht des Busses nicht tragen wird.«

Die vorauskalkulierte Fahrzeit war fast erreicht. Die meisten wähnten sich bereits am nächsten Teilziel, dem Loch Lemond.

»Was jetzt?«, fragte ein Gast. »Bleiben wir hier stehen bis zum Sankt-Nimmerleins-Tag?«

»Keine Sorge, John ist in dieser Region zuhause. Er kennt sich aus. Er wird uns sicher zum Ziel bringen. Es dauert nur leider etwas länger. Wie Sie wissen, habe ich für unsere Gruppe eine Bootsfahrt gebucht. Ich werde versuchen, den Termin weiter nach hinten zu verlegen.«

Ein schleimiges, krächzendes Husten war zu hören. »Wie ist es mit einer Raucherpause?«, fragte die kleine Dame in der azurblauen Steppjacke. Schaukelnd bewegte sie sich durch den Gang auf den Busfahrer und die Reiseleiterin zu. Ihre Packung Zigaretten hatte sie bereits in der Hand.

Sie wurde mit dem Hinweis auf die Sicherheit gebeten, wieder Platz zu nehmen und sich anzuschnallen. Unzufrieden murrend schwankte sie zu ihrem Sitz zurück. Das Gemecker hinter mir mutierte wieder zu handfester Kritik.

»Was ist das für eine Planung? Das sollte doch jedem Busfahrer bekannt sein, wenn Straßen gesperrt werden, die für ihn relevant sind. Nichts an dieser Reise ist bisher rund gewesen. Die Liste der Unzulänglichkeiten wird lang und länger.«

Als Nina dann freudig verkündete, dass sie den Termin für die Bootsfahrt erfolgreich verschoben hatte, war kaum Begeisterung zu hören. Beschwerden wurden laut, weil jetzt der versprochene Spaziergang durch den Nationalpark Glen Coe leider ausfallen musste.

»Können wir beim Reiseveranstalter dafür eine Kostenerstattung geltend machen?«, formulierte eine fränkische Stimme. Ich war froh, als Nina wieder zum Mikrofon griff.

»Loch Lemond ist acht Kilometer breit und neununddreißig Kilometer lang. Es ist das größte Binnengewässer in Großbritannien. Der See hat eine Tiefe von einhundertneunzig Metern.«

Ohne mich vordrängen zu müssen, war ich bei den ersten Gästen, die das Ausflugsschiff »Lemond Queen« betraten. Ein dunkles Wolkenfeld näherte sich. Viele meiner Mitreisenden standen vor der Entscheidung, sich unter Deck oder auf dem Sonnendeck einen Platz auszuwählen. Für mich war die Sache klar. Ich hatte meine Regenjacke angezogen und die Färbung des Himmels hielt mich nicht davon ab, direkt auf das Oberdeck zu gehen. Mr Buffalo ließ sich neben mir nieder. Wir hatten uns richtig entschieden, denn bevor wir ablegten, verwöhnten uns die ersten Sonnenstrahlen. Langsam pflügte das Schiffchen durch den See. Der Fahrtwind war erfrischend. Ich schloss meine Augen und streckte das Gesicht der wärmenden Sonne entgegen. Ein angenehmes Urlaubsgefühl stellte sich ein. Der Kapitän hielt einige Erklärungen parat, aber ich hörte nicht konzentriert zu, sondern gab mich dem wohligen Moment hin.

»Do you like a Scone with clotted cream and jam?«, fragte eine junge Stimme. Ich öffnete meine Augen. Die angekündigten Köstlichkeiten wurden mir von einem Mädchen auf einem Tablett gereicht. Sie schmeckten unvergleichlich gut. Diese Scones mit clotted Cream und Erdbeermarmelade kannte ich bisher nur aus Cornwall. Sie wurden dort am späten Nachmittag zur Tea Time serviert. Im Reiseführer stand, dass es in Schottland keinen festen Zeitpunkt gab, sie zu verzehren.

Die Plätze an Deck waren während der Fahrt begehrt, weil die Wolken fast völlig hinter den Hügeln verschwunden waren. Zahlreiche Gäste strömten aus dem Unterdeck nach oben an die Sonne. Aber leider waren keine bequemen Plätze mehr frei. Ich blieb so lange sitzen, bis mich der widerliche Zigarettenrauch von der verhärmten, älteren Dame in der azurblauen Steppjacke erreichte. Sie schien nicht zu bemerken, dass sie ihr Umfeld mit ihrer Sucht belästigte.

Die Bitte, ihre Zigarette etwas anders zu halten, damit mich der Qualm nicht ständig umwehte, ignorierte sie.

»Am besten Sie gehen zum Rauchen ans Heck«, riet ich ihr, »dann sorgt der Fahrtwind dafür, dass sich niemand diesem Qualm aussetzen muss.«

»Sonst noch Wünsche?«, antwortete sie schnippisch. »An der frischen Luft kann ich rauchen wann und wo ich will.«

Dann schnipste sie ihre Kippe in den See. Ich konnte mich nicht beherrschen. »Wissen Sie, dass das Umweltverschmutzung ist? Diese Zigarettenkippe wird erst in zehn Jahren verrottet sein. Ist Ihnen das bewusst?«, fragte ich.

Zu dem belehrenden Satz hatte ich einen weiteren auf den Lippen. Aber sie hörte ihn nicht. Ich flüsterte ihn vorsorglich nur Mr Buffalo zu: »Mag sein, dass sie das gar nicht mehr erlebt.«

»Puh, hör auf. Sie ist umweltschutzresistent. Sie hat ihre anderen Kippen ebenfalls stets in der Natur entsorgt«, sagte Bea. »Lass dir deine Laune nicht verderben.«

»Du hast Recht. Sie ist fällig. Manchmal bringt selbst eine Zigarettenkippe das Fass zum Überlaufen.« In Gedanken entfernte ich das Fragezeichen hinter ihrem Namen auf meiner Opferliste.

»Hast du eine Idee, wie wir es anstellen könnten?«, fragte Bea.

Spontan dachte ich an das Tütchen mit den Blättern in meinem Rucksack.

Aber der See mit seiner Tiefe hatte auch so seine Reize.

»Gibt es diese Scones nur mit Marmelade?«, fragte die Raucherin. »Ich habe Appetit auf eines mit Kräutern? Ich steh nicht so auf Süßzeug.«

Bea lachte laut auf. Ich war froh, dass die anderen sie nicht hörten. Zumindest reagierte niemand auf sie. »Wo steht dein Rucksack?«, fragte sie. »Ich werde ihr diesen Wunsch nach einer Kräutervariante erfüllen.«

Wir erreichten Fort Williams. Ein kleines Hotel am Rande des Loch Linnhe wartete auf uns. Die Gartenanlage, die zum Pub des Hotels gehörte, erstreckte sich bis zur Straße. Direkt daran schloss sich das kieselige Ufer des Sees an. Aus meinem Fenster schaute ich über die riesige Wasserfläche bis zum gegenüberliegenden Seeufer und darüber hinaus bis zu den Bergen. Ein farbenprächtiger Sonnenuntergang machte das Postkartenpanorama perfekt.

Versteckt, an der Ecke des Parkplatzes für Hotelgäste, stand die Raucherin. Wie mir schien, war sie die Einzige meiner Reisegruppe mit diesem Laster. Der Zigarettenqualm hüllte sie ein. Ich sah, dass Mr Buffalo, der beabsichtigte, vor dem Abendessen die Umgebung des Hotels zu erkunden, mit ihr ins Gespräch kam. Der bereitstehende Aschenbecher quoll über. Aber für die Raucherin stellte er kein Hindernis dar. Sie ließ die Kippe auf den Boden fallen, trat sie mit ihrem Springerstiefelverschnitt aus. Mit einem Kick beförderte sie ihren Suchtmüll ins Blumenbeet. Mr Buffalo entfernte sich kopfschüttelnd. Die Dame zog den Reißverschluss ihrer azurblauen Jacke zu, griff in die Seitentasche und hielt ein kleines Päckchen in der Hand. Aus der weißen Serviette kam ein rundes Gebäck, ähnlich einem Brötchen, zum Vorschein. Genüsslich biss sie hinein und schlenderte in Richtung Seeufer. Schnell verschwand sie aus meinem Blickfeld. Die Zweige einer mannshohen Tanne versperrten mir die Sicht. Ein letztes Mal sah ich das Azurblau ihrer Jacke, das im spärlichen Licht der untergehenden Sonne durch das Gewirr der Äste schimmerte.

Im Kreis von Mr Buffalo, Jürgen, Sabine und der beiden blonden Damen speiste ich in angenehmer Unterhaltung. Karin und Conny waren keine Freundinnen, wie ich angenommen hatte, sondern Mutter und Tochter.

»Habt ihr was von der verschwundenen Frau gehört?«, fragte Sabine. Alle schüttelten den Kopf, sahen sich aber gleichzeitig im Speiseraum um.

»Sie scheint sich ausgeklinkt zu haben. Ihr Mann sitzt dort drüben mit Nina an einem Tisch«, sagte Jürgen. »Es sieht so aus, als haben die beiden einiges zu besprechen. Ihre Teller sind völlig unberührt.«

»Ich kann ein zweites Ale vertragen«, teilte uns Mr Buffalo mit und stand auf. »Ich gehe an ihrem Tisch vorbei und erkundige mich freundlich, ob es seiner Frau wieder gutgeht.«

Mr Buffalo kam zurück. Erwartungsvoll starrten ihn alle Gäste an unserem Tisch an. Er stellte sein Bier ab, setzte sich umständlich. Dann beugte er sich verschwörerisch vor. »Sie hat die Reise abgebrochen und wird im Flieger nach Deutschland zurückgebracht werden«, flüsterte er.

»Was die liebe Nina dir aber nicht gesagt hat, ist, dass sie die Rückreise im Frachtraum antreten wird«, hörte ich vom anderen Ende des Tisches. Ich griff hastig nach meiner Serviette und hielt sie mir vor die Lippen. »Bea, halt deinen Mund«, flehte ich eindringlich. Mein Ausruf war Gott sei Dank in der allgemeinen Geräuschkulisse untergegangen.

Mörderische Pläne auf der Isle of Skye

Der frühe Beginn des Ausflugs zur Isle of Skye rief wieder Unmut hervor. Einige Damen hätten lieber etwas länger geschlafen. Ihnen schwebte ein Frühstück in Ruhe und Entspannung vor. Na ja, wenn sie rechtzeitig aufgestanden wären, hätten sie auch mehr Zeit für ein Frühstück gehabt. Andere ließen alle Gäste der Reisegruppe daran teilhaben, wie schwer ihnen die Auswahl der Kleidung für den heutigen Ausflug gefallen war.

»Es ist heute sehr kühl drinnen wie draußen. Kann der Busfahrer die Klimaanlage bitte wieder ausstellen«, rief eine der fränkischen Damen durch den Bus.

»Seien Sie froh, dass es nicht regnet«, konterte ein männlicher Reiseteilnehmer, der direkt hinter dem Fahrer seinen Platz eingenommen hatte.

»Sie haben aber immer was zu meckern. Ich bin froh, dass wir kein schottisches Nieselwetter haben. Ich hatte auf dieser Reise mit schlechteren Wetterbedingungen gerechnet.«

»Wenn Engel reisen …«, rief jemand anderes.

»… dann lacht der Himmel«, sagte ich. An Mr Buffalo gerichtet fuhr ich fort: »Das mit den Engeln kann nicht stimmen. So viele Meckerengel können nicht verantwortlich für das perfekte Schottlandwetter sein. Oder?«

»Sind Sie katholisch?«, fragte Mr Buffalo. Ich nickte.
»Dann kennen Sie sich besser aus mit Engeln als ich.«

An beiden Seiten des Weges zogen die sanften, grünen
Hügel der Highlands vorbei. Diese Landschaft war
betörend. Fast magisch zog mich dieser Landstrich an und
ich konnte mich nicht davon abwenden. An unserem ersten
Stopp angekommen beherrschte die Farbe azurblau den
Himmel. Einige Gäste wunderten sich, dass wir nach relativ
kurzer Fahrzeit auf einen Parkplatz fuhren. Ein Fußweg
führte den Berg hinauf auf eine kleine Ebene, die eine
atemberaubende Aussicht versprach. Ja, der Weg war nicht
plan. Steine und Wurzeln erschwerten den Miniaufstieg.

»Was gibt es da oben schon zu sehen«, hörte ich. Die
Fränkinnen kamen mir nach wenigen Metern wieder
entgegen. »Lass uns hier unten am Bus bleiben.«

Ich stapfte langsam hoch, blieb zwischendurch stehen und
genoss die Aussicht auf den Loch Shiel, an der die meisten
meiner Mitreisenden vorbeigehastet waren. Fast unwirklich
breitete sich vor mir ein erhabenes Panorama aus.

Oben angekommen hatte ich das Gefühl, in einer
anderen Welt zu sein. Das Glenfinnan Viaduct fügte sich
malerisch in eine sanfte, grüne Landschaft ein. In einem
geschwungenen Bogen überspannte die Brücke von einer
Bergseite zur anderen ein üppig bewaldetes Tal. Ich fühlte
mich vor der Kulisse eines Harry-Potter-Films. Das
Sahnehäubchen für die echten Harry-Potter-Fans war der
Zug, der unerwartet aus dem Grün auftauchte und das

imposante Konstrukt Richtung Norden überfuhr. Manch einer wird sich vorgestellt haben, es sei der Hogwart-Express. Ich begab mich auf den Abstieg. Vom Parkplatz aus lief ich weiter zum Glenfinnan-Memorial, das sich direkt am Ufer des Loch Shiel in den Himmel reckte. Ein Highlander thronte auf dieser Säule. Sein kämpferischer Gesichtsausdruck symbolisierte Stärke, und sein Blick verlor sich in der Ferne. An dieser Stelle begann 1745 der zweite Jakobitenaufstand. Wieder drehte sich alles um Kampf, Krieg und Macht und darum, wer Anspruch auf den britischen Thron hatte. Ich konnte mich nur schwer aus dieser Szenerie lösen. Ich schaute über den See und betrachtete das Memorial. Meine Gedanken wurden von der kriegerischen Geschichte Schottlands gestreift. Langsam löste ich mich aus dieser unwirklichen Welt und schlenderte zum Busparkplatz zurück. Mr Buffalo trat von der linken Seeseite auf mich zu. Er strahlte mich an.

»Man spürt hier die Mystik des Ortes fast körperlich. Das ist Schottland, so wie ich es erwartet hatte.« Er nickte.

Bevor ich einen Fuß in den Bus setzte, sah ich auf meine Armbanduhr. Ich war perfekt in der Zeit.

»Wir warten hier bereits eine Viertelstunde. Ich möchte wissen, was es hier alles zu fotografieren gibt? Ich dachte, unser Ausflugsziel ist die Isle of Skye«, mit den Worten wurden wir im Bus empfangen.

Da alle ihre Plätze eingenommen hatten, war klar, dass die Bemerkungen eindeutig Mr Buffalo und mir galten.

Nina bat kurze Zeit später John, der sich heute in einem echten Schottenoutfit präsentierte, den Bus anzuhalten. Mitten auf einer Brücke durften wir aussteigen. Hier, weit im Inland, traf sich die Flut des Atlantiks mit dem Wasser eines Flusses. Mal überspannte sie das Meer und bei Ebbe den Fluss mal mit mal ohne Wasser. Wir waren dem Nordatlantik schon ganz nahe.

Von Mallaig, einem kleinen Fischerdorf, würde uns eine Fähre zur Isle of Skye übersetzen. Der bunte Ort hob sich kontrastreich von den grünen Hügeln ab. Dieses Dorf hätte ich gerne besichtigt. Wir fuhren aber direkt zum Fähranleger. Ich war erstaunt, wie viele Fähren hier am Kai lagen. Im Reiseführer las ich, dass Mallaig die Drehscheibe zu den Inseln war. Wir durften bis zum Ablegen unserer Roll-on-roll-off-Fähre den Bus verlassen. Ich lief durch das Hafengebiet vorbei an alten rostigen Kähnen und modernen Jachten. Aber die meisten Boote waren bunte Fischerboote. Es roch nach Diesel und Schmieröl. Seetang, Algen und toter Fisch reicherten die frische Meeresbrise an. Die Möwen umkreisten mich ohne Unterlass und ihr Geschrei mischte sich mit den Geräuschen der Schiffsmotoren und den akustischen Signalen im Hafengebiet.

Ich war froh, meine warme Allwetterjacke angezogen zu haben, und setzte die Kapuze auf. Von Weitem sah ich, wie sich die beiden Fränkinnen ihre Seidenschälchen vor die Münder drückten. Sie rafften ihre dünnen Jäckchen vorne zusammen. Schutzsuchend kauerten sie sich fröstelnd im

Windschatten des Busses. Sie erlebten diesen Hafen komplett anders als ich. Ihr Fokus richtete sich nur auf die Schlange vor der Damentoilette. Fast taten sie mir leid. Aber nur fast.

Die ersten Rucksacktouristen betraten die Fähre. Die Autoschlange setzte sich in Bewegung und fuhr langsam an Bord. Wir saßen wieder kurz im Bus und durften auf dem Autodeck nach wenigen Minuten wieder aussteigen, nachdem der Busfahrer sicher geparkt hatte. Die Wolken rissen auseinander und die ersten Sonnenstrahlen blitzten durch die Lücken. Mr Buffalo und ich begaben uns direkt auf das Außendeck. Einen Rundumblick haben, sich den rauen Wind um die Nase wehen lassen und die Sonne genießen, gehörte für mich zu einer Bootsfahrt dazu. Außerdem hatte uns Nina erzählt, dass sie die Nachricht von einer Kollegin bekommen hatte, dass gestern diese Fähre während der gesamten Überfahrt von Delfinen begleitet wurde. Ich starrte auf das kabbelige Wasser, bis mir die Augen tränten. Aber diese Meeressäuger hatten ihren Tag anders verplant. Uns zeigten sie sich leider nicht.

Mit dem Bus starteten wir später die Inselrundfahrt. Schnell nahm uns wieder die grüne Landschaft der Highlands auf.

»Wie geht es dir, meine Liebe?«, meldete sich Bea.

»So schön hatte ich mir Schottland gar nicht vorgestellt. Ich beginne, mich in dieses Land zu verlieben«, antwortete ich.

»Mir geht es so lala. Ich bin erst mal froh, dass ich diese verdammte Schiffspassage überstanden habe. Du weißt doch, dass ich so schnell seekrank werde.«

»Erinnerst du dich daran, dass ich dich nicht eingeladen habe, mich zu begleiten?«

»Jetzt wirst du aber unverschämt. Du musst zugeben, dass ich dich in den letzten Tag hervorragend unterstützt habe. Wir sind doch ein perfektes Team. Du bist die Ideengeberin und ich kümmere mich um die Ausführungen der Taten.«

Ich erinnerte mich an die rauchende Meckerfrau in ihrer azurblauen Jacke. Sie würde mich nach dem Konsum ihres Kräuter Scones nicht mehr belästigen. Dank Beas Einsatz zählte die Whiskymiesmacherin auch nicht mehr zu meiner Reisegruppe. Bea hatte recht. Wir waren ein gutes Team

»Tut mir leid, liebe Bea. Entschuldige.«

Ich dachte an die beiden Fränkinnen. Sie standen oben auf meiner Liste. Ich würde sicher Beas Hilfe noch einmal in Anspruch nehmen.

In der Ortschaft Portree war ein längerer Aufenthalt geplant. Hier konnte unsere Gruppe die Mittagspause verbringen. Ich hatte gelesen, dass Portree die einzige Stadt auf der Isle of Skye, der größten Insel der Inneren Hebriden, sei. Es war ein bunter Farbklecks, der sich an das Ufer des Loch Portree schmiegte. An der Uferpromenade standen liebevoll restaurierte Häuser in kräftigem Hellblau und grellem Pink in Eintracht nebeneinander. Geplant hatte ich dort, in ein Hafenrestaurant einzukehren, um eine Kleinigkeit zu Mittag zu essen. Leider war es nicht möglich.

Alle Plätze schienen besetzt zu sein. Frustrierte Touristen standen vor den Pubs und bildeten lange Schlangen. Schnell war ich mir mit Mr Buffalo einig, dass die Zeit zu schade sei, um in einer Warteschlange auf eine Essensausgabe zu warten.

»Haben Sie Hunger?«, fragte er.

»Nein, eher nicht.«

»Dann sollten wir den Ort beziehungsweise die Stadt erkunden. Ich glaube, das ist besser, als sich darüber zu ärgern, dass wir hier nicht in den Genuss von Fish and Chips kommen werden.«

Er hatte recht. Mitglieder unserer Reisegruppe kamen uns mit langen Gesichtern entgegen. Sie hatten im oberen Teil der winzigen Geschäftsstraße erfolglos versucht, etwas zu essen zu ergattern. Bevor sie ihren Unmut auf uns abluden, entfernten wir uns schnell. Wir verließen das überfüllte kleine Zentrum und stiegen durch schmale Gassen höher den Hang hinauf. Das Panorama mit dem Loch Portree im Vordergrund war bombastisch. Die dunklen Wolkenformationen ließen den Häuserstreifen unten an der Promenade farbenprächtig und kontrastreich erscheinen. Eine Fülle wild blühender Pflanzen trat in unseren Fokus, die jeden Winkel am Rand des Gehwegs erstrahlen ließ. Zwischen zwei weiß getünchten nah beieinanderstehenden Hauswänden erstreckte sich eine schmale Steintreppe den Berg höher hinauf. Blumig geschmückte Treppenstufen führten in die dahinterliegenden Gärten. Das musste ich fotografieren. Mr Buffalo ließ sich dieses Motiv ebenfalls nicht entgehen. Wir drehten uns um und wollten wieder in den Ort zurückkehren. Erstaunt bemerkten wir, dass sich einige Menschen hinter uns versammelt hatten und eine Schlange bildeten. Sie zeigten Interesse daran, zu sehen, was wir da entdeckt hatten. Ihre Fotoapparate einsatzbereit in der Hand, standen sie erwartungsvoll hinter uns.

Auf dem Weg zum Bus schlenderten wir kurz über die winzige Einkaufsmeile. Nette kleine Geschäfte, aber alle auf Touristen ausgerichtet, klassische Souvenirläden eben, mit Postkarten, Schneekugeln, Bleistiften, Mützen und Schals. Alle trugen das Motiv des Union Jacks oder die Farben der schottischen Nationalflagge. Eine besonders große Auswahl gab es an Kühlschrankmagneten. Einen dieser Läden betraten wir dennoch. Durch den vorderen Teil der Geschäftsräume, in dem hauptsächlich Urlaubssouvenirs angeboten wurden, drangen wir weiter in den hinteren Bereich vor. Wir entdeckten eine Theke. Kaffee wurde serviert und Snacks aus der Kühlung lachten uns an. Erstaunlich war: Es gab keine Schlange. Zufrieden verließen wir das Lädchen mit einem Sandwich, einem großen Schokoladenkeks und einem Becher Kaffee. Auf dem Weg zum Bus verspeisten wir genüsslich unser Mittagessen to go. Wir hätten es besser nicht treffen können.

Auf dem nächsten Teilabschnitt der Reise erwarteten uns erneut die sanften Hügel der Highlands. Ihre beruhigende Ausstrahlung erreichte aber viele Reisende nicht. Eine Woge von Unzufriedenheit schwappte durch den Bus, allen voran das nicht enden wollende Gemecker der beiden Fränkinnen. Sie unterstellten dem Reiseanbieter wieder eine Fehlplanung. Sie waren der Meinung, die

Touristenbusse, egal von welchem Reiseunternehmen, die Schottland besichtigten, müssten sich absprechen und dürften nicht alle gleichzeitig in der Mittagspause Portree anfahren.

Ich brauchte eine kleine Auszeit. Meine Konzentration galt den vielen Impressionen. Die Fülle der erlebten Momente schwirrte durch meinen Kopf. Die negativen Bemerkungen meiner Mitreisenden versuchte ich auszublenden. Eine bleierne Müdigkeit ergriff mich. Sie führte dazu, dass die Kritiken zunehmend dumpfer und leiser wurden. Schließlich nahm ich sie gar nicht mehr wahr.

Ich träumte von den Erlebnissen der letzten Tage. Als ich aufwachte, war mir klar, dass ich mit dem Reiseziel Schottland die richtige Wahl getroffen hatte. Ein neuer Fotostopp wartete auf uns. Eine alte Steinbrücke trat in meinen Fokus. Dieses historische Bauwerk war es wert, näher betrachtet zu werden. Es war eine alte Packpferdbrücke aus dem Jahr 1717. Sie wurde auch Beerdigungsbrücke genannt, weil sie den Zugang zur Kirche ermöglichte, wenn der Fluss Hochwasser hatte. Im Volksmund ist sie als Sargbrücke bekannt. Heute ist sie leider nicht mehr passierbar.

Wir setzten die Fahrt fort und erreichten die Skye Bridge. Es war die Alternative, um die Isle of Skye ohne Fähre wieder zu verlassen. Ich zwang mich, in die Ferne zu schauen, denn für mich war es kein angenehmes Gefühl, die Brücke im Reisebus umgeben vor großen Wasserflächen zu passieren. Ein schwummeriges Gefühl in der Magengegend begleitete mich.

Der nächste Stopp war am Eilean Donan Castle, ein recht imposantes Gemäuer. Die Burg lag auf einer Gezeiteninsel. Drei Seen der westlichen Highlands Schottlands vereinigten sich an dieser Stelle. Bei Flut war sie komplett von Wasser umgeben. Das Castle war über eine steinerne Fußgängerbrücke zu erreichen.

Die Liste der kriegerischen Auseinandersetzungen um diese Burg war lang. Sie zählt zu den meist fotografierten Motiven Schottlands. Diese Berühmtheit hat sie unterschiedlichen Filmproduktionen zu verdanken. Filme, die in dieser Kulisse gedreht wurden, waren: Der Highlander; Es kann nur einen geben; Das blaue Palais; Braveheart; Prinz Eisenherz und ein James Bond Streifen: Die Welt ist nicht genug.

Diese Burg war nur ein kleines Puzzleteil meiner Schottlandreise. Eine intensive Besichtigung war nicht vorgesehen. Es erstaunte mich, dass die Anzahl der Reisebusse auf dem Parkplatz überschaubar war. Die touristische Geräuschkulisse war leise. Ich stand am Ufer des Loch Duich und träumte mit offenen Augen. Abwechselnd befand ich mich in der historischen Zeit und dann tauchte ich wieder in die Welt der Filme ein. Von Eilean Donan Castle ging eine seltsame Magie aus. Aus dieser Ruhe und Mystik wurde ich schlagartig herauskatapultiert, als ein dunkelgrauer Kampfjet zwischen Burg und Festland in Schräglage vorbeiflog. Seine

Tragflächen schienen die Wasseroberfläche fast zu berühren. Aus den Triebwerken sprühten rotgelbe Feuerstreifen heraus. Das Geräusch, als der Jet die Schallmauer durchbrach, war gigantisch laut. Meine Organe krampften sich zusammen. Die darauffolgende Stille war beängstigend. Sogar das Geschrei der Möwen war verstummt. Es folgten fünf weitere Kampfjets. Ich redete mir ein, es sei nur eine Übung und Teil einer notwendigen Normalität. Aber mein unangenehmes Gefühl von Angst blieb. Die barbarischen, blutigen Auseinandersetzungen vergangener Tage trafen in meinen Gedanken auf die Jetztzeit.

Nach einem hervorragenden Abendessen fand im Hotel eine schottische Folkloreveranstaltung statt. Bei Livemusik mit Gesang versuchte Nina einigen mutigen Herren unserer Reisegruppe, einen landestypischen Tanz beizubringen. Der Kilt in rotem Karomuster machte aus den fünf Deutschen mit Turnschuhen und weißen Tennissocken keine Schotten. Sie bemühten sich redlich, eine gute Figur abzugeben. Einigen Herren lag das Tanzen im Blut und sie bewegten sich nahezu perfekt über die Tanzfläche. Aber andere stolperten über ihre eigenen Beine. Ich fand es sehr mutig, sich diesem Show Act zur Belustigung aller hinzugeben, und zollte den Tänzern meinen Respekt. Auch Einheimische waren zu dieser musikalischen Veranstaltung gekommen. Sie erfreuten sich an diesem Programmteil. »Oh, look, isn´t it beautiful, look at the stupid Tourists.«

Ich reihte mich in die Warteschlange der Durstigen an der Bar ein. Das schottische Phänomen, in einer Schlange zu stehen, hatte ich kennengelernt. Man stellt sich hinten an. Man drängelt sich nicht vor. Man schubst niemanden. Die Schotten lieben den Smalltalk beim Schlangestehen. Sie tauschen sich hauptsächlich über das Wetter und über die besten Biersorten aus. Ich plauderte mit einheimischen Mitwartenden. Erstaunlich war, dass ich kaum Probleme mit der Sprache hatte. Ich redete drauflos und es bereitete mir Freude, mich zu unterhalten. Die Hemmschwelle Englisch zu sprechen war gesunken, was ich von den beiden Fränkinnen nicht behaupten konnte. Sie standen ein paar Plätze vor mir in der Reihe. »Ich spreche hier kein Englisch. Diese schottischen Trottel bemühen sich überhaupt nicht, mich zu verstehen. Ist das Einzige, das die Schotten perfekt beherrschen, das Schlangestehen? Komm, Elli, lass uns ins Zimmer gehen. Mein Maß ist voll. Ich stell mich hier nicht länger an!« Sie traten zurück und schritten erhobenen Hauptes auf den Ausgang zu.

Der Barmann bot ein skurriles Motiv bei der Zubereitung einer Bloody Mary. Er hielt eine schriftliche Anleitung in der Hand und arbeitete das Rezept gewissenhaft ab. Zwischendurch verschwand der junge Mann, der im weißen T-Shirt und einer langen schwarzen Schürze eher wie ein Küchenmitarbeiter aussah. Nach gefühlten zwanzig Minuten kam er mit seinem Chef im Schlepptau zurück. Sie traten hinter die Bar und flüsterten miteinander. Ich verstand nicht, worum es ging. Zehn Minuten später bahnte sich eine junge Dame den Weg durch die applaudierenden Massen, die den Tänzern zujubelten. Sie hielt in ihrer erhobenen Hand eine Flasche Aperol. Jetzt war klar, wo das Problem lag. Eine der Deutschen hatte einen Aperol spritz bestellt, der an dieser Bar nicht unbedingt zu den favorisierten Getränken zählte. Dieser italienische Likör, mit seinem fruchtig-bitteren Geschmack und seiner orangeroten Farbe, war Hauptbestandteil dieses Cocktails und stand nicht im Regal hinter dem Barmann. Ob die Mitarbeiterin schnell in den nächsten Ort gefahren war, um diesen Likör zu besorgen?

Der Stillstand an der Bar war vorbei. Der Chef mixte einen Aperol spritz und der junge Mann bediente wieder die Zapfhähne. Jetzt war ich auch kurz davor, mein bestelltes Ale in der Hand zu halten. Aber vorher musste noch schnell ein neues Fass angeschlossen werden. Diese Verzögerung ordnete ich aber Murphys Gesetz zu.

Alles lief nach einem geordneten System ab. Es entstand keine Hektik. Niemand maulte. Ich hatte den Eindruck, dass das Schlangestehen in einer schottischen Bar ein separates Event war, das gute Laune verbreitete. Zuerst dachte ich, es sei ein sehr diszipliniertes Verhalten, das die Schotten an den Tag legten, aber es war die Gelassenheit. Das beeindruckte mich. Als Festlandseuropäer sich darauf einzulassen, war das oberste Gebot. Nach objektiver deutscher Betrachtungsweise kam ich allerdings zu der Erkenntnis, dass der Barmann es mit seiner Gelassenheit etwas übertrieb.

»Du bist ja völlig tiefenentspannt«, flüsterte mir Bea ins Ohr.

»Ja, so ist es, wenn man im Urlaub angekommen ist«, antwortete ich.

»Du scheinst in der Lage zu sein, deine deutschen Maßstäbe beiseitezulegen.«

»Das sollte uns aber nicht davon abhalten, uns um diese beiden Fränkinnen zu kümmern. Oder, meine liebe Bea?«

»Nein, auf keinen Fall. Sie bekommen, was sie sich ermeckert haben. Hast du schon eine Idee?«, fragte Bea.

Ich nickte.

Ich hatte mir vorgenommen, an jedem Abend vor dem Einschlafen noch einmal an die angenehmen Momente des Tages zu denken. In dieser positiven Stimmung begab ich mich in Morpheus Arme. Es gelang mir jeden Abend besser.

Kriminelle Weiterreise nach Aberdeen

Schon beim Einchecken in das Hotel in Fort Williams vor zwei Tagen hatte der Aufzug in der Lobby für Schwierigkeiten gesorgt. Er war eindeutig zu klein, um unsere Reisegruppe samt Gepäck in einer überschaubaren Zeit zu transportieren. Die Aufzugtüren öffneten sich. Drei Gäste bekamen die Möglichkeit, einzutreten. Aber nur zwei Koffer fanden zusätzlich in der Kabine Platz. Die dritte Person stieg wieder aus, weil ihr Koffer die Lichtschranke blockierte. Über der Tür gab es eine Leuchtzeile, die in willkürlicher Reihenfolge Ziffern anzeigte. Im Vorraum drängte sich eine große Gästeschar mit ihrem Gepäck. Ich stand nicht nahe genug am Aufzug, um Geräusche wahrzunehmen, die eine Aktivität des Liftes ankündigten. Dann blinkte die Eins auf.

»Er kommt gleich«, rief ein älterer Herr. In dem Moment bewegte sich die Aufzugtür wie in Zeitlupe zur Seite. Die beiden Gäste, die vor einer gefühlten halben Stunde den Aufzug betreten hatten, standen immer noch darin.

»Wir haben auf die richtigen Knöpfe gedrückt, aber der Aufzug hält, wo es ihm gefällt. Wir steigen nur in der Etage aus, in der auch unser Zimmer liegt.«

»Das kann jeder sagen«, murmelte eine Dame in einem abwertenden Tonfall. »Manche sind sogar zu blöd, um Aufzug zu fahren.«

Der Aufzug fuhr wieder los. Alle warteten mit Spannung, was passieren würde. Die Aufzugkabine kehrte zurück. Die Tür öffnete sich ruckelig. Nur ein Gast hatte die Kabine mit seinem Koffer verlassen.

Der nächste Hotelgast stieg zu und zog sein Gepäckstück hinter sich her. Die Tür schloss sich mit einem schmatzenden Geräusch. Warten war wieder angesagt. Dann öffnete sich die Tür erneut. Aber der Aufzug war nicht leer.

»Da stimmt echt was nicht. Wir wollen beide in die erste Etage. Wir haben auf die Eins gedrückt. Das müssen Sie uns glauben. Und jetzt sind wir wieder hier im Erdgeschoss.«

Der Aufzug schien sich wie von Geisterhand geführt, zu bewegen.

Jürgen meldete sich zu Wort. »Meinem Empfinden nach sind wir im Erdgeschoss. Aber über der Aufzugstür steht eine Eins. Es gibt hier kein Erdgeschoss, wie es scheint.«

»Wenn Sie in die erste Etage möchten, dann drücken Sie doch mal die Zwei«, schlug ein älterer Herr vor.

»Was für eine spinnerte Idee«, rief ein anderer Gast. »Wo stehen wir denn, wenn nicht im Erdgeschoss? Schauen Sie doch mal aus dem Fenster.«

Der Aufzug entfernte sich wieder. Alle starrten gespannt auf die Tür. Nach langen Minuten öffnete sie sich. Die wartende Gästeschar staunte. Die Kabine war leer.

»Was meinst du, wie lange das hier dauert. Willst du nicht lieber das Treppenhaus nutzen?« Diese Idee kam von Bea.

»Gerne, aber kannst du mir bitte sagen, wie ich die Tür hinten rechts im Raum erreichen soll, die zu der Treppe führt? Wir stehen hier Koffer an Koffer und Körper an Körper. Von hinten drängen ununterbrochen neue Gäste nach.«

»Sprechen Sie mit mir«, fragte eine ältere Dame. »Ich habe Sie nicht verstanden.« Ich schüttelte den Kopf. Es stellte sich heraus, dass nicht nur die Kennzeichnung der Etagen falsch war, sondern es war wichtig, in welcher Reihenfolge die Knöpfe gedrückt wurden. Wenn jemand in der dritten Etage aussteigen wollte, musste er die Vier drücken, weil es das Erdgeschoss nicht gab. Aber es war unbedingt nötig, erst mit seinen Aufzugmitreisenden zu kommunizieren, um zu erfahren, welche Etage ihr Ziel sei. Der Lift fuhr bis oben, weil ein Gast die Ziffer Vier zuerst gedrückt hatte. Aussteigen ließ er ihn in der dritten Etage. Alle anderen, die eine Wahl getroffen hatten, fuhren wieder mit ins Erdgeschoss zurück, egal, welchen Knopf sie aktiviert hatten.

Man muss das System an dieser Stelle nicht verstehen. Die Mehrzahl der Reisenden kapierte nicht, was da vor sich ging. Der eine oder andere Gast verschwand auf wundersame Weise aus dem Aufzug.

»Wenn ihr hier ankommt, wo ich jetzt stehe, dann schaut mal rechts in den langen Gang hinein. Das Hotel strahlt eine Atmosphäre aus, die mich an den Film Shining von

Stanley Kubrick mit Jack Nicholson erinnert«, sagte Jürgen.
Im Tempo einer Schnecke bewegten wir uns vorwärts.
Dann endlich bekam ich die Gelegenheit, in den Hotelflur
zu schauen. Ein langer schlanker Flur mit einer diffusen
Beleuchtung, der im Nichts zu enden schien. Unheimlich.
Sicher nicht für alle, denn wer den Film nicht gesehen
hatte, konnte sich auch nicht an die schaurigen Situationen
erinnern. Jürgen hatte recht. Schlagartig veränderte sich
meine Empfindung zu diesem Hotel. Ich würde
aufmerksamer durch die Gänge schreiten. Sollte ich den
Aufzug später einmal alleine benutzen, würde ich ihn
genauer unter die Lupe nehmen. So ein bisschen fühlte ich
mich wie in diesem Horrorfilm, den Jürgen mit diesem
Haus assoziierte. Dann, zwei Meter bevor ich die
Aufzugstür erreichte, stand ich in gleicher Höhe mit der
Tür, die zum Treppenhaus führte. Spontan entschied ich
mich, die Treppen zu nehmen und kämpfte mich nach
rechts durch die Menge der wartenden Gäste.

Am Fußende der ersten Stufe blieb ich stehen. Ich war
mir sicher, es würde jemanden in meiner Reisegruppe
geben, der sich meine Tasche schnappte und sie für mich in
die erste Etage trug. Ich wurde nicht enttäuscht. Ein
grauhaariger älterer Herr nahm meine Reisetasche und
schleppte sie zwei Treppen hinauf. Seine Ehefrau mühte
sich mit dem gemeinsamen Koffer ab. »Musst du unbedingt
den Kavalier spielen«, rief sie durch das Treppenhaus. Sie
sah mich mit einer vorwurfsvollen Miene an. »Du kannst es
einfach nicht lassen. Ich darf später dem Möchtegern-
Gentleman die Schultern mit Schmerzgel einreiben.« Diese
Sätze führten zu erheiternden Sprüchen, die sich durch das

Treppenhaus von Etage zu Etage einen Weg suchten. Ich nahm meine Tasche entgegen. Peinlich berührt bedankte ich mich. Es war mir unangenehm, die Schweißtropfen seiner Frau auf ihrer Stirn zu sehen.

Nach meiner kleinen Inspektion des Aufzugs und einer kurzen Fahrt am Abend hatte ich mich entschieden, diesen nicht zu benutzen. Es fehlten die Angabe des Baujahres und das Datum der letzten Inspektion. Noch nicht einmal ein Hersteller war angegeben. Die eine Fahrt, die ich damit gemacht hatte, wurde außerdem durch einen kleinen außerplanmäßigen Stopp unterbrochen. Ich hatte erfolglos den Alarmknopf gesucht. Mein Mobiltelefon hielt ich entsperrt in der Hand, um einen Notfall auszulösen. Aber Internetempfang gab es in dieser Kabine nicht. Bevor mich die Panik überfiel, ruckelte und vibrierte der Aufzug. Die spärliche Beleuchtung flackerte. Erleichterung stellte sich ein, als sich das Gefährt wieder bewegte. Im nichtexistierenden Erdgeschoss erlangte ich meine Freiheit wieder. Shining, dachte ich. Die Erinnerung an den Film löste ein schauriges Kribbeln in meinem Körper aus.

Heute, zwei Nächte später, war Abreisetag. Das erste Tageslicht fiel durch die lässig zugezogenen Gardinen. Ich wachte auf. Ein seltsames Gefühl stellte sich ein. War ich nicht alleine in meinem Zimmer? Ruckartig drehte ich mich um. Die zweite Hälfte des Doppelbettes war unberührt.

»Na, hast du gut geschlafen?«, hörte ich. Sofort war mir klar, wer sich da in meine Gedanken geschlichen hatte. Auf Beas Smalltalk hatte ich jetzt gar keine Lust.

»Ja, danke der Nachfrage. Wenn ich am Abend ein Bier trinke, schlafe ich wie ein Stein. Außerdem war der letzte Tag anstrengend.«

Die am Vorabend gepackte Reisetasche trat in meinen Fokus. Kleidung für den heutigen Abreisetag hatte ich bereitgelegt. Für die Utensilien der Übernachtung hatte ich in der Tasche einen Platz gelassen. Ich schwang meine Beine über die Bettkante und stand auf.

»Was hast du dir für die beiden Fränkinnen einfallen lassen? Erzähl mir von deiner Idee. Spann mich nicht weiter auf die Folter«, wollte Bea wissen.

Sie klatschte vor Freude in die Hände, als ich ihr meinen Plan mitgeteilt hatte. Ich drehte mich zu ihr um, aber sie war verschwunden.

Es polterte im Flur, während das warme Wasser der Dusche auf meinen Körper prasselte. Kurz drehte ich die Wasserzufuhr ab. Eingehüllt von Dunstschwaden in dieser winzigen Nasszelle lauschte ich angestrengt. Die ersten Gäste zogen ihr Gepäck polternd durch den Hotelflur. John hatte mitgeteilt, dass wir vor Viertel vor acht die Koffer nicht nach draußen an den Bus bringen sollten. Ich tastete durch die Duschtür nach meiner Armbanduhr. Nein, ich hatte nicht verschlafen. Es war noch viel Zeit bis zur Abfahrt. Ich hatte mir vorgenommen, die Reisetasche wieder durch das Treppenhaus in die Lobby zu transportieren. Da die Treppenstufen mit weichem flauschigem Teppichboden belegt waren und meine Tasche auf der Rückseite Rutschkufen hatte. Ich ließ das Gepäckstück ohne große Kraftanstrengung nach unten gleiten. Auf die Hilfe eines Gentlemans verzichtete ich vorsichtshalber.

Das letzte Frühstück in diesem Hotel war perfekt und geprägt von überaus großer Freundlichkeit von Seiten des Personals, wie zu den anderen Mahlzeiten ebenfalls. Jürgen und Sabine, die beiden sympathischen blonden Damen, sowie Mr Buffalo und ich saßen gemütlich an einem Frühstückstisch.

»Habt ihr gehört, dass die bayrischen Fregatten einen Zimmerwechsel durchgesetzt haben?«, fragte Sabine. Ich schüttelte den Kopf. Die anderen hatten ebenfalls nichts mitbekommen.

»Ich dachte, das Hotel sei ausgebucht«, antwortete Mr Buffalo.

»Ja, das ist auch meine Information«, bestätigte Jürgen.

»Wo haben sie die beiden denn untergebracht?« Es interessierte mich schon, wo diese Damen genächtigt hatten. Ob Bea diesen Umzug mitbekommen hatte?

Am Tisch mit den übergroß dimensionierten Toastern steckte ich eine Scheibe in den Brotröster. Als sich mir die knusprig-goldene Weißbrotscheibe entgegenstreckte, nahm ich eine der bereitliegenden Zangen und legte mir das Brot auf meinen Teller.

»Das war aber meine Scheibe«, wies mich ein älterer Herr mit barscher Stimme zurecht. »Sie können nicht einfach einen Toast entgegennehmen, nur weil Sie das System nicht kennen.«

»Äh, welches System?«, fragte ich. Der Aufzug arbeitete in diesem Hotel auch nach einem eigenen System. Funktionierte der Toaster hier auch nach besonderen Regeln?

»Sie müssen aufmerksam sein und darauf achten, wer wann wo seine Scheibe hineingeschoben hat. Das ist nicht schwer. Denken Sie, dass ist hier ein Selbstbedienungsladen?«

Ich stutzte erneut. Was hatte das Rösten von Brotscheiben mit einem Selbstbedienungsladen zu tun? Es war ein Frühstücksbüfett und dort bediente sich jeder selbst.

Trotzdem entschuldigte ich mich. Meine positive Laune ließ ich mir weder durch den Befehlston noch durch die Lautstärke dieses alten Mannes vermiesen. Ich hielt ihm meinen Teller hin und bot ihm die Scheibe Toast an. Er nahm sie tatsächlich mit der Hand von meinem Teller herunter. In dem Moment trat eine weitere knusperige Brotscheibe mit einem klickenden Geräusch ins Freie. Die Zange hielt ich bereits in der Hand griff ich zu und legte mir den Toast auf meinen Teller.

»Meine Scheibe ist schon recht kühl geworden. Geben Sie mir bitte die frisch getoastete«, hörte ich.

»Ich tausche nicht«, antwortete ich genervt. »Außerdem haben Sie die andere Schreibe bereits mit Ihren Fingern angefasst.« Ich drehte mich um und steuerte leicht irritiert unseren gewählten Frühstückstisch an.

Sollte sich da ein neues potentielles Opfer bei mir gemeldet haben?

Meine Reisetasche rollte leise über den asphaltierten Parkplatz. Am Bus übergab ich sie John. Einige Plätze waren bereits besetzt. Beim Frühstück hatte ich im Vorbeigehen gesehen, wie eine Frau ihre Bütterchen, die sie am Frühstückstisch zubereitet hatte, in Servietten verpackt in ihre Handtasche hatte gleiten lassen. Jetzt im Bus legte sie eines dieser Päckchen auf den Platz neben sich. Später setzte sich meine Toastscheibenbekanntschaft zu dieser Dame. Tja, typisch, Mitreisende kritisieren und sich selber danebenbenehmen. Es war in Schottland, ebenso wie in anderen europäischen Ländern, nicht erwünscht, vom Frühstücksbüfett die Tagesverpflegung mitzunehmen.

Ich fand einen schönen Platz. Den Sitz neben mir hielt ich für Mr Buffalo frei, indem ich diesen mit Handtasche und Jacke belegte.

»Ach, da ist ja wieder dieser auf die Sekunde pünktliche Gast«, sagte der Herr des Toastscheibenproblems. »Wir sollten um Viertel vor acht am Bus sein.«

»Nein, nein, das stimmt nicht. Wir sollten nicht vor viertel vor acht am Bus sein. Acht Uhr ist die reguläre Abfahrtszeit und auf meiner Uhr sind es genau sechzig Sekunden vor acht.« Es tat gut zu hören, dass andere Mitreisende Mr Buffalo verteidigten. Obwohl die präzisen Zeitangaben einige Mitglieder dieser Reisegruppe wieder auf ihr typisches Deutschsein reduzierte.

»Ach, reden Sie nicht so geschwollen daher«, antworte der Tostscheibenproblematiker. »Er ist der Letzte und eindeutig zu spät dran. Schluss mit dem Geschwätz.«

Mr Buffalo zog seinen Lederhut vom Kopf und begrüßte mit einem strahlenden Lächeln auf dem Gesicht die Gesellschaft, tat so, als ob ihn diese Diskussion nichts anginge. Er legte sorgsam seinen Lederhut in die Ablage und nahm neben mir Platz. Ein guter Lösungsansatz, dachte ich. Kleine Probleme einfach wegzulächeln. Der Bus setzte sich in Bewegung.

Die Mehrzahl der Reisenden war der Meinung, die Abfahrtszeit sei eine unchristliche Zeit. Sie dösten vor sich hin und planten, versäumten Schlaf nachzuholen.

Bea musste hinter mir sitzen. Ich hörte, wie sich ihre Stimme einen Weg durch den Spalt zwischen den Sitzen suchte.

»Nach meinem Befinden hast du mich ja heute noch nicht gefragt. Aber ich kann dir sagen, mir geht es so gut wie lange nicht. Du hättest mal die freudigen Gesichter der beiden Fränkinnen sehen sollen, als sie den leeren Fahrstuhl zu sich hoch in die fünfte Etage geholt hatten.«

»Was redest du da? Das Hotel hat nur drei Etagen.«

»Spielt das eine Rolle? Ihre Gesichter veränderten sich schlagartig, als sie feststellten, dass der Fahrstuhl sie aufgenommen hatte, aber sie nicht wieder herauslassen würde.«

»Was? Die sitzen im Aufzug fest? Wie genial ist das denn?«

»Dein Plan. Ich hab ihn umgesetzt. Mörderisch ist das zwar nicht, aber es muss ja nicht jede unserer kleinen Attacken tödlich enden. Oder?«

»Ich bin mir sicher, das blöde Gequatsche der Fränkinnen wird uns auf dem Rest der Reise erspart bleiben.«

Mr Buffalo schlug die Augen auf. »Haben Sie etwas gesagt?«, fragte er. In dem Moment rauschte es in den Lautsprechern und Nina kündigte den ersten Stopp auf dieser Tagestour an.

»Der Ben Nevis reckt sich in den azurblauen, wolkenlosen Himmel. Mit 1345 Metern ist er der größte Berg Schottlands und Großbritanniens. Schneebedeckt ist er heute nicht, aber hier gibt es das einzige Skigebiet Schottlands«, erklärte Nina. »Aus der gälischen Sprache kann Ben Nevis mit - Berg mit dem Kopf in den Wolken - übersetzt werden. Bergsteiger nennen ihn gerne den boshaften Berg. Die in Fort Williams stationierte Bergrettung führt hier die meisten Einsätze durch. Immer sind es Touristen, die den Ben Nevis unterschätzen.«

John lenkte den Bus auf eine kleine Anhöhe, mitten im Tal. Auf der Erhebung befand sich das Commando Memorial, ein Kriegerdenkmal. Es wurde 1952 durch Queen Mother zu Ehren der britischen Kommandos des Zweiten Weltkriegs enthüllt.

Da waren sie wieder, die Schrecken des Krieges. Diesmal hatten Schotten und Engländer gegen einen gemeinsamen Feind gekämpft. Hier holte uns die deutsche Geschichte ein. Drei Soldaten standen auf dem Sockel und schauten über die Ebene in Richtung Ben Nevis. Mein Blick verlor sich ebenfalls in der Ferne. Die Aussicht war betörend. Niedrige Büsche, Wiesen, Heide und Farne in gigantischer Fülle sorgten für das Grün, das sich bis hinauf auf die Berge erstreckte. Und die zarten Blüten des schmalblättrigen Weideröschens legten einen magentafarbenen Schleier über das Land.

Die Panoramafahrt durch die Highlands setzte sich fort. Unser nächstes Ziel war Loch Ness. Mir ist niemand bekannt, der Loch Ness und das Seeungeheuer Nessi nicht kennt.

»Dieses Gewässer ist das größte und östlichste von drei Süßwasserseen im Great Glen. Es durchschneidet die Highlands von der schottischen See bis zur Nordsee. Seine längste Ausdehnung beträgt fünfunddreißig Kilometer. Der See hat eine Wasseroberfläche von 56,4 Quadratkilometern. Er verfügt über das größte Wasservolumen aller Seen zusammen, die es in Schottland gibt.«

Nina hatte für uns einen Termin zur Besichtigung von Urquhart Castle am Ufer des Loch Ness reserviert. Es war eine Burgruine, die aber perfekt für touristische Erkundungstouren hergerichtet war.

Eine große Schar Besucher wartete auf Einlass. Wir hielten die Eintrittskarten in der Hand und liefen wie privilegierte Gäste an den Wartenden vorbei. Unser reservierter Termin verschaffte uns Zeit, das Castle in Ruhe zu besichtigen, die Geschichte auf uns wirken zu lassen und die unausweichlichen Urlaubsfotos zu machen, ohne den geballten Tourismus mit einzufangen. Das i-Tüpfchen waren der blaue Himmel und die strahlende Sonne.

Erste Besiedlungen des Castle fanden im 6. Jahrhundert statt. Um 1230 wurde diese strategisch günstig gelegene Burganlage errichtet. Sie hatte viele Besitzer. Dazu zählten der Clan Urquhart, der Clan MacDonald, die Familie Comyn, um nur einige zu nennen. Robert der I. brachte sie unter die Kontrolle der schottischen Krone. Das Castle wurde zerstört und wieder aufgebaut. Es wurde umgebaut, angebaut, erweitert und wieder in Trümmer gelegt. Die Burg unterlag einem stetigen Wandel. Nach dem Jakobitenaufstand wurde sie dem Verfall überlassen, weil sie keine strategische Rolle mehr spielte. Darauf bedienten sich die Menschen der Umgebung der Baumaterialien. Es kam zu einer großen Plünderung.

Heute gehört das Castle dem National Trust an. Mit dieser Information traten wir in ein modernes Gebäude ein, in dem uns ein zehnminütiger Film über die Geschichte des Urquhart Castles erwartete. Eine Bedienstete des National Trust führte uns durch den Souvenirshop, an den Toiletten vorbei in Richtung Kinosaal. Die junge Dame im Schottenrock, das Wappen des Urquhart Clans auf dem Pullover, hatte Mühe, unsere Gruppe in direkter Linie zum Ziel zu führen.

Mein Toastbrotproblem mischte sich unaufgefordert ein. Er dirigierte Teile der Gruppe woanders hin. Der Mensch ist ein Herdenvieh. Und so liefen einige meiner

Mitreisenden brav hinter ihm her. Seine dominante befehlende Stimme ließ keinen Widerspruch zu. Er hatte sich am Brotröster als Befehlshaber präsentiert, und hier mimte er den selbsternannten Touristenführer. Im Gewühle derjenigen, die Urquhart Castle hinter sich hatten und auf der letzten Stufe des Besichtigungsprogramms den Souvenirshop eroberten, wurde ich geschubst und angerempelt und an die Seite gedrängt. Ich suchte die junge Frau im Schottenrock und folgte ihr, ohne auf die Gäste der fremden Reisegruppe zu achten. Nina hatte Mühe, den Möchtegernfremdenführer umzustimmen. Im Geiste hörte ich ihn schon meckern, wenn er nach seiner Irritation zu spät den Kinosaal betrat und die besten Plätze besetzt sein würden.

Mr Buffalo und ich ergatterten perfekte Sitzplätze. Wir warteten entspannt auf den Filmanfang.

Es war ein kurzer Zusammenschnitt aus kriegerischen Szenen. Das letzte Bild einer Schlacht überfiel uns. Unter lautem Kriegsgeschrei, klirrenden Schwertern und lodernden Flammen sprang der Vorhang auf. Vor uns lag sehr nah, durch eine Panoramascheibe sichtbar, die Ruine von Urquhart Castle.

Es ist überflüssig zu erwähnen, dass das Toastbrotproblem sich beschwerte. Er hatte nicht alles perfekt gesehen und gehört, weil er nur am Rand der Bestuhlung einen freien Platz gefunden hatte.

Aber ich hatte die Gelegenheit genutzt, voll in das kriegerische Geschehen einzutauchen. Die musikalische Untermalung des Films und die Geräusche der Schlacht waren eindrucksvoll und sehr laut gewesen. Sie hatten mich von allen Seiten attackiert. Bei einigen Schwertschlägen war ich in Deckung gegangen, um nicht die scharfe Klinge eines Schwertes zu spüren. Diese Eindrücke hallten in mir nach, während ich nach der Filmvorführung durch die Ruinen der Burganlage lief.

Wir fuhren weiter bis zur Küste. Dort wo die beiden Flüsse Ness und der Moray Firth zusammenfließen, liegt Inverness, die größte Stadt der schottischen Highlands. Hier planten wir, die Mittagspause zu verbringen.

Das Parkareal für Busse lag neben der St. Andrews Cathedral, direkt am Ufer des Ness. Ich eroberte die Stadt in Begleitung von Mr Buffalo. Wir liefen am Fluss entlang auf die Brücke zu, über die wir die sehenswerte Altstadt erreichen würden. Einige Mitreisende eilten in großen Schritten voran, andere bewegten sich eher schleichend auf den Stadtkern zu, unter ihnen entdeckte ich meine Toast-Connection mit Ehefrau im Gleichschritt am Ufer entlangschreiten.

»Ist Ihnen heute etwas Besonderes aufgefallen?«, fragte ich Mr Buffalo. Wir waren mitten auf der Brücke angekommen, lehnten unsere Arme auf das Geländer und starrten in den Fluss.

»Mein Kopf ist mittlerweile so voll mit Informationen und Eindrücken von Schottland, dass vieles den Status von etwas Besonderem hat. Helfen Sie mir bitte auf die Sprünge.«

»Haben Sie die Fränkinnen nicht vermisst?«

»Mag sein, dass ich mich an diese ständig bissigen Bemerkungen von ihnen bereits gewöhnt habe. Mit fortschreitendem Urlaubsgenuss scheine ich über die Fähigkeit zu verfügen, unangenehme Begegnungen und Kommentare auszublenden«, teilte mir Mr Buffalo mit.

»Oh, das freut mich für Sie. Mir fällt es nicht so leicht, diese unsinnigen Diskussionen zu verdrängen. Es kommt schon mal vor, dass ich mich gezwungen sehe, mich zu befreien, sozusagen nachzuhelfen.«

Mr Buffalo schwieg. Er fragte nicht, was ich damit gemeint hatte. Während ich darüber nachdachte, ihm eine Erklärung liefern zu müssen, sagte er: »Ich weiß.«

Mr Buffalo sah zu mir herüber. Sein verständnisvolles Lächeln irritierte mich.

Auf der anderen Flussseite, an einer roten Ampel, nahm uns der Stadtverkehr auf. Wir hatten beide unsere Walkingapp aktiviert und folgten dem kürzesten Weg zur interessantesten Buchhandlung in Inverness, ein Insidertipp.

Ich grübelte darüber nach, wie er seine Bemerkung gemeint hatte. War es möglich, dass er Bea und mich belauscht hatte? Nein, das war unmöglich. Bea saß zuhause, wartete darauf, dass ich Schottlandbilder in meinen Status stellte.

Ich hatte mein Handy in die Tasche gesteckt und trottete auf dem schmalen Bürgersteig hinter Mr Buffalo her, vertraute ihm und seiner Google-Wegführung.

»Die Damen waren heute gar nicht im Bus«, brüllte ich durch den Straßenlärm, der uns begleitete. Er drehte sich zu mir um.

»Ich weiß«, rief er. »Sie haben die Reise abgebrochen.«

Wer hatte ihm diese Information gegeben? An der nächsten roten Ampel stand ich wieder neben ihm.

»Woher wissen Sie das?«, fragte ich.

»Ich habe zufällig gestern Abend an der Rezeption gestanden und unfreiwillig einem Gespräch zwischen Nina und den beiden Meckerdamen gelauscht. Im Weggehen hörte ich, wie eine der Damen rief: Wir bestellen ein Taxi und Sie sehen uns nie wieder und wir beschweren uns über Sie bei der Reisegesellschaft. Da habe ich sie zum letzten Mal gesehen.«

Wir standen vor dieser als außergewöhnlich angekündigten Buchhandlung. Sie rückte jetzt in meinen Fokus. Für kurze Zeit ließ ich mich auf diese Sehenswürdigkeit ein. Meine Neugier darauf, was Bea mir später über diese fränkische Angelegenheit erzählen würde, schob ich zur Seite.

Leakey´s Bookshop befand sich in einer Kirche. Dieses historische Gebäude zählte zu einer der vielen Gotteshäuser, die entwidmet und umgenutzt wurden. In Portree hatte ich in eine Kirche hineingeschaut, in der ein Burger-Restaurant eingezogen war. Mich hatte dort ein befremdliches Gefühl ergriffen. Ich dachte an die vielen Kirchen in meiner Heimatregion, die geschlossen wurden und um ihren Erhalt kämpften. Ich fand, ein Abriss war die schrecklichste Entscheidung. Für mich gingen damit ein Stück Heimat, Geschichte und Kultur verloren. Ein Imbiss und damit verbunden der Geruch nach Frittierfett, war ebenfalls schwer zu ertragen. Die Entscheidung, eine Buchhandlung in das Kirchengebäude einziehen zu lassen, empfand ich als eine der smartesten Lösungen.

Durch eine dicke Holztür betrat ich den Kircheninnenraum. Mein erster Eindruck raubte mir den Atem. Bücher soweit das Auge reichte. Der komplette Raum war gefüllt mit Literatur. Er glich eher einem Lager. Die Regale waren übervoll. Bücher stapelten sich in allen Ecken und in jedem Winkel. Selbst vor den bunten bleiverglasten Kirchenfenstern standen Bücherregale. Zum Glück verdeckten sie diese nur teilweise. Aber die Fenster waren da, in ihrer ursprünglichen Form und erinnerten an die ehemalige sakrale Nutzung dieses Gebäudes. Einige Sonnenstrahlen fielen durch das bunte Glas in den Innenraum. Sie stellten eine Verbindung zwischen Kirche und Buchladen her.

Eine Wendeltreppe führte in höhere Regionen auf eine hölzerne Galerie. Sie schien unter der Last der antiquarischen Werke zu ächzen. Die Wege durch diese Buchvielfalt waren eine Herausforderung. Unabhängig davon, dass hier nur englisch sprachige Literatur angeboten wurde, erschloss sich mir kein Ordnungssystem, in dem ich mich zurechtfinden könnte. Der muffige Geruch von alten Büchern erfüllte den Raum. Er umhüllte mich, nahm mich gefangen und drang in jede Faser meiner Kleidung ein. Ich ging einige Schritte die Wendeltreppe hoch. Das große Meer der Bücher im Erdgeschoss beeindruckte mich aus dieser Perspektive noch mehr. Ich stellte fest, dass alle, die sich hier zwischen den Regalen bewegten und in literarischen Werken stöberten, Touristen wie Einheimische, leise waren. Sie hielten ehrfürchtig inne, wenn sie durch die Regalreihen liefen oder ein Buch zur Hand nahmen. Für einige Besucher war es sicher respektvolles Verhalten einem ehemaligen Gotteshaus gegenüber. Andere verhielten sich nach dem ungeschriebenen Gesetz, in Bibliotheken zu schweigen. Ich stand nur da, machte ein paar Fotos und genoss die einmalige Atmosphäre. Mr Buffalo fand seinen eigenen Weg durch das Labyrinth der Literatur. Er begeisterte sich über die Bücher hinaus für die alten Stiche, die oben auf der Galerie die Wände zierten.

Gesehen hatte ich die Person nicht, die mich jetzt aus meiner Stille herausrief. Aber sie war laut und deutlich zu hören.

»Was ist das denn für ein Chaos? Wer soll sich hier zurechtfinden?« Es war die Stimme meiner Toast-Connection.

»Aber du musst dich hier nicht auskennen«, mäßigte ihn seine Frau. »Du sprichst doch gar kein Englisch.«

Ich hatte beobachtet, dass er einige Bücher aus verschiedenen Regalen herausgezogen, sie aber nicht wieder zurückgestellt hatte. Er blätterte sie durch, legte sie achtlos an anderer Stelle wieder ab. Er verschwand aus meinem Sichtfeld, aber das Gemaule stellte er nicht ein. Einige Buchliebhaber standen an der Verkaufstheke, die einem Kontor glich. Es war aus dem Holz des alten

Kirchenmobiliars gezimmert worden. Diese Kunden hatten literarische Schätze gefunden. Sie schüttelten den Kopf über das Benehmen unseres Mitreisenden. Ich hoffte nur, dass man mich nicht als deutsche Touristin identifizierte, denn dann wäre Fremdschämen wieder mal angebracht.

Unser nächstes Ziel war die Markthalle. Dort wollten wir eine Kleinigkeit essen. Die Zeit, die unser Reiseplan bereithielt, wurde knapp. Früher hatte an diesem Ort mal eine klassische Markthalle gestanden. Jetzt betraten wir eher ein kleines Einkaufszentrum, eingebettet in ein altes Gebäude. Es gab dort einen großen Beköstigungsbereich. In der Mitte Tische und Stühle, um die sich verschiedene Fastfood-Ketten gruppierten. Wir entschieden uns für Fish and Chips. Wer Urlaub auf den britischen Inseln machte, sollte diese Speise mindestens einmal probieren. Schellfisch in Backteig frittiert und Pommes mit hausgemachter Remouladensoße. Mir war klar, dass es eine fettige Angelegenheit sein würde und der Fisch in der Soße schwamm. Schon kurze Zeit später stand das britische Nationalgericht vor uns.

Die Reste der Remouladensoße aus den Mundwinkeln gewischt mussten wir uns beeilen, um zum Bus zu kommen. Diesmal erreichten wir ihn tatsächlich drei Minuten zu spät. Aber es traf uns keine Rüge, denn wir waren nicht die Letzten, die den Weg zurück mit den langen Rotphasen an den Ampeln unterschätzt hatten.

Von Inverness fuhren wir weiter nach Nairn, ein winziger Badeort an der Mündung des Moray Firth. Unser Weg führte direkt zum Meer. Einige Mitreisende scheuten den Sand in den Schuhen. Sie mieden den Strand. Für mich ging vom Meer stets eine unerklärliche Faszination aus. Ich hätte nie darauf verzichtet, den Wellen und dem Rauschen des Meers nahezukommen. Ich ging den schmalen Weg entlang, der sich durch die Dünen schlängelte. Hier wuchs in Fülle das schmalblättrige Weidenröschen und peppte das fahle Grün des Dünengrases durch ihre magentafarbenen Blüten auf. Mein Spaziergang führte mich am Wasser entlang. Die Brandung war nicht heftig. Dennoch musste ich einige Male den Wellen ausweichen, die gierig nach meinen Schuhen griffen. Schnell war ich eingetaucht in die Stille, die nur mir und dem Meer gehörte. Die Ruhe war erholsam, wenn man über einen längeren Zeitraum des Tages in einem fast voll besetzten Bus gesessen hatte. Das Rauschen der Wellen und der Wind waren wie Balsam für mich.

Kurz dachte in an Bea. Sie hatte sich lange nicht bei mir gemeldet. Ich hoffte, dass sie sich jetzt zurückhielt.

Mir gefiel diese Schottlandreise, bis auf wenige Begleiterscheinungen. Aber wenn mein Mann noch leben würde, wäre ich nie in solch einen Reisebus gestiegen. Wir hätten Schottland mit dem Auto individuell bereist. Vor allem das eigene Tempo wäre ihm wie mir wichtig gewesen. Aber es war müßig, jetzt darüber nachzudenken. Ich entdeckte im Sand einen winzigen glatten Stein und nahm ihn in die Hand. Wie lange dieser bereits den Naturgewalten ausgesetzt war? Den feuchten Sand entfernte ich und steckte ihn in die Jackentasche. Diese Art von Souvenirs brachte ich meinen Mann stets aus dem Urlaub mit. Die kleine Schale zuhause vor seinem Bild war bereits gut gefüllt. Ich schaute auf die Uhr. Zu weit durfte ich mich nicht von den wartenden Gästen meiner Reisegruppe entfernen. Den Rückweg zeitlich einzukalkulieren war wichtig. Ich beschleunigte meine Schritte, suchte mir einen Fixpunkt am Strand aus. Ein kleines Ruderboot, das auf dem Strand lag, wählte ich als Wendepunkt aus.

Das Schild mit dem Hinweis auf den Nairn-Golfplatz hätte ich beinahe übersehen. Zwischendurch im Bus hatte ich mit Unterbrechungen einige Passagen in meinem Reiseführer gelesen und so war mir bekannt, dass der Golfplatz an diesem Küstenabschnitt liegen musste. 1887 wurde der 18-Loch-Platz gegründet. Es war ein typischer Links Course. Er erstreckte sich am Meer entlang. Die Windanfälligkeit war hier die größte Herausforderung für den Golfspieler. Dort hätte ich gerne eine Runde gespielt. Die Erinnerungen an den Merlin Golf Club in Porth, an der Nordseite Cornwalls gelegen, blitzen auf. Damals war der Wind stürmisch und das Spiel schwer gewesen. Begleitet von atemberaubenden Aussichten hatte ich den Platz bezwungen. Müde aber stolz hatte ich den Weg zum Clubhaus eingeschlagen. An der Eingangstür zum Clubhaus hatte mich ein Schild mit der Aufschrift -Dogs and Women are not allowed- begrüßt. Mir war der Eintritt verweigert worden. Das Spiel hatten sie mir erlaubt. Aber später stellte ich fest, dass ich nicht den ehrwürdigen Hauptplatz bespielt hatte, sondern nur den Trainingsplatz.

Zu gerne hätte ich jetzt einige Jahrzehnte später nachgesehen, ob ich so ein Schild wieder entdecken würde. Mir war bekannt, dass es in Schottland Clubs gab, die dieses Prinzip immer noch verfolgten. Gerne hätte ich einen Abstecher zum Nairn-Golfclub gemacht.

Es wäre mir lieber gewesen, Bea hätte jetzt meine Aufmerksamkeit gefordert, aber es war mein Toastbrotproblem, das mich ansprach.

»Na, Muscheln gesucht?«, fragte mein Mitreisender.

»Nein, ich sammele keine Muscheln.«

»Aber sie haben sich doch gebückt. Sie haben eine aufgehoben.«

Seine Feststellung ließ ich in der Luft hängen und hoffte, die nächste Windbö würde sein Gefasel wegwehen. Aber der Mann blieb hartnäckig.

»Was gibt es denn da zu fotografieren?«, fragte er.

»Dort oberhalb der Dünen liegt ein alt ehrwürdiger Golfclub«, antwortete ich. »Sehen Sie das Schild dort drüben.«

»Und den wollen Sie ablichten?« Er schüttelte den Kopf und sah mich mit einem verkniffenen, ablehnenden Gesichtsausdruck an. Ein Golfhasser.

»Muss ja nicht jeder diesen Sport lieben«, sagte ich und öffnete eine meiner Kopfschubladen, in denen ich meine Vorurteile gegenüber Golfhassern abgelegt hatte.

Seine Unzufriedenheit und das Gemecker, sein Alter und seine dialektlastige Aussprache wiesen auf eine Region in Deutschland hin, in der der Golfsport jahrzehntelang nicht vorkam. Sein eigener Ober-Boss hatte diesen Sport damals als bourgeoisen Blödsinn bezeichnet.

»Also, mein Mädchen …«, fuhr er fort, nachdem er tief Luft geholt hatte. »Golf ist ein Sport für reiche, alte Kapitalisten und extrem langweilig.«

Okay, wenn du das meinst, dachte ich, dann ist das eben so. Ich drehte mich um und ging zurück.

»Golf ist schwachsinnig«, rief er mir hinterher. »Golf ist was für Gehirnamputierte.«

Was sollte das? Warum stieß er eine Beleidigung nach der anderen aus? Bitte, lass meine Gelassenheit nicht schwinden, flehte ich eine höhere Macht an.

»Wenn ich gewusst hätte, dass Golfspieler wie Sie, zu meiner Reisegruppe gehören, dann …«

»Was dann?«, schrie ich ihn an. Ich bückte mich und griff nach einem verwitterten, holzigen Stück Strandgut, über das ich beinahe gestolpert wäre, und erhob es gegen ihn.

»Lassen Sie mich endlich in Ruhe. Nennen Sie mich nie wieder mein Mädchen«, brüllte ich. Sekundenlang funkelte ich ihn böse an. Dann drehte ich mich um und lief Richtung Treffpunkt zurück. Zwischendurch schrie ich meinen Frust dem Meer entgegen und der Wind trug ihn davon. Ich schleuderte den Stock in die Brandung. Die letzten hundert Meter lief ich langsamer. Mein Pulsschlag hatte sich wieder reguliert. Wo dieser schreckliche Mensch abgeblieben war, interessierte mich nicht. Ich sah mich nicht ein einziges Mal nach ihm um. Außer Atem und ausgepowert gesellte ich mich zu den Wartenden. Einige Mitreisende hatten es vorgezogen, im Bus zu bleiben, andere machten sich jetzt auf den Weg dorthin zurück. Ich folgte ihnen.

Mr Buffalo stieg in den Bus. Ich schloss die Augen und simulierte Schlaf. Ich wollte nicht über meine Strandbegegnung reden. Vor uns lagen jetzt circa 150 Kilometer bis Aberdeen. Wenn wir dort eintrudelten, hätte sich mein Gemüt wieder beruhigt. Da war ich mir sicher.

Nina griff während der Fahrt ab und zu zum Mikrophon, um uns die schottische Gesellschaft näherzubringen. Ich ließ mich mit Informationen berieseln und schlief wieder ein. Mr Buffalo war der Kopf auf die Brust gesunken. Er gönnte sich auch eine Auszeit.

Wach wurde ich erst, als Nina eine Musik-CD mit schottischer Folklore in den Player einlegte, das allgemeine Gemurmel lauter wurde und Regentropfen gegen die Busscheiben platschten.

Die Frau des Toastbrotproblems, meiner unangenehmen Strandbegegnung, wankte durch den Gang nach vorne. Sie sprach mit Nina.

»Darf ich Sie mal kurz um Ihre Aufmerksamkeit bitten?«, ertönte Ninas Stimme aus dem Mikro. »Hat jemand Herrn Eberhard Uhlig gesehen. Seine Frau vermisst ihn.«

»Kenn ich nicht. Wer soll das sein?«, riefen einige Mitreisende unisono.

»Das ist der Ehemann dieser Dame, die im Mittelgang steht.«

»Ach, der!«

»Nein«

»Der war am Strand.«

»Wie kann man denn seinen Ehemann vergessen?«, rief jemand.

»Frau Uhlig hat sich schon früher in den Bus gesetzt und ist eingeschlafen. Sie hat es erst jetzt bemerkt«, rief eine Mitreisende von der hinteren Rückbank.

»Eine gewisse Eigenverantwortung liegt auch bei den Reisenden, wir sind doch kein Kindergarten«, sagte Jürgen.

Nachdem geklärt war, dass Herr Uhlig nicht im Bus saß, versprach Nina seiner Frau, sich darum zu kümmern. Sie rief die Polizeistation in Nairn an und klärte die Angelegenheit. Erst dann fuhren wir weiter.

»Sobald man ihn gefunden hat, setzt ihn ein netter, vor allem deutschsprachiger Polizist in den Zug nach Aberdeen. Zwei Stunden später werden Sie ihn wieder in die Arme nehmen können.«

Wir hatten mitbekommen, was Nina gesagt hatte, weil sie vergessen hatte, das Mikrophon auszustellen. Einen Knopfdruck später wurden wir wieder mit einem traditionellen schottischen Dudelsackkonzert beschallt.

Meine Negativbegegnungen des Tages hatten jetzt einen Namen: Eberhard Uhlig.

»In der Haut der Reiseleiterin möchte ich jetzt nicht stecken. Man verliert doch nicht einfach so einen Reiseteilnehmer? Das hat sicher Konsequenzen für sie.«

»Sie ist souverän genug und wird das klären. Da bin ich mir sicher.«

»Ein bisschen tüttelig kam er mir schon vor. Ich hab gesehen, wie er sich am Strand mit großen Schritten von der Gruppe entfernt hat.«

»Hatten Sie den Eindruck, er sei dement?«

»Komisch, dass seine Frau nicht gleich bei der Abfahrt bemerkt hat, dass ihr Mann nicht im Bus saß.«

Diese und ähnliche Bemerkungen erreichten mich aus meinem Sitzumfeld.

Ein Hauch von einem schlechten Gewissen meldete sich bei mir. Hätte ich mich doch nach ihm umsehen müssen?

Kichernde Laute meiner Freundin Bea waren zu hören. »Nein, nein, hättest du nicht. Denke daran, kleine Sünden bestraft der liebe Gott immer sofort und ich habe ihm dabei geholfen. Du hast mir eine perfekte Vorlage gegeben. Vorhin am Strand habe ich gedacht, du holst aus und schwingst ihm diesen Holzknüppel gegen seinen Schädel. So wütend habe ich dich noch nie gesehen.«

Die Strandszene huschte an meinem inneren Auge vorbei. »Nein, ich hätte nie zugeschlagen. Ich reagiere nicht mit körperlicher Gewalt auf verbale Attacken.«

»Als du weg warst, habe ich mit meinem Regenschirm am Strand ein paar Probeschwünge gemacht. Die Wolken sahen seit einiger Zeit nach Regen aus und ich hatte vorgesorgt. Ich hatte einen Regenschirm dabei. Wo kann man besser Bunkerschläge üben als im weichen Sand am Strand. Du weißt, manchmal interessiere ich mich für das Golfspielen, obwohl es selten vorkommt. Beim dritten Probeschwund traf ich im Durchschwung einen Stein. Dieser Eberhard Uhlig fiel um wie eine gefällte Tanne.«

»Bea!«, rief ich aufgebracht. Ruckartig setzte ich mich auf meinem Platz aufrecht hin.

»Wer ist Bea?«, fragte Mr Buffalo und sah mich irritiert an. »Wollen Sie mir die Dame nicht mal vorstellen?«

»Ich glaube, dieses lange Busfahren bekommt mir nicht so gut«, sagte ich. »Ich habe wirres Zeug geträumt. Entschuldigen Sie, dass ich Sie geweckt habe.«

Das Schmunzeln, das sich auf Mr Buffalos Gesicht legte, verunsicherte mich. Wusste er, wer Bea war? Verfügte er über die Gabe, sie wahrzunehmen?

Mörderische Zeit in Aberdeen

Unser Hotel in der schottischen Hafenstadt Aberdeen, gelegen an der Mündung der beiden Flüsse Don und Deen, war eines der modernen und stylisch eingerichteten Cityhotels. Beim Eintritt in die Hotelhalle fiel mir sofort ein skurriles Dekorationselement auf, das ich äußerst merkwürdig fand. Über der Rezeption hing der Kopf eines schottisches Highland Cattle. Ich schaute in die großen, dunklen Augen des Rindes, die durch die strubbelige, rotbraune Haartracht blitzten. Sie waren durchaus angsteinflößend.

Ich bezog ein ebenso modern eingerichtetes Zimmer. Die Fenster waren perfekt isoliert und ließen von der Straße keinen Laut eindringen. Eine funktionierende Klimaanlage sorgte für frische Luft und eine angenehme Temperatur. Leid taten mir die Gäste, die nur mit geöffnetem Fenster Schlaf fanden. Ich glaube, in Aberdeen gibt es mehr schreiende Möwen als Einwohner. Hunderte von diesen Seemöwen saßen auf den Dächern und Kaminen auf der gegenüberliegenden Straßenseite, kaum zehn Meter Luftlinie von der Fensterfront unseres Hotels entfernt. Das Federvieh hüpfte und kreischte ohne Unterlass. Sie unterhielten sich vom Sonnenaufgang bis zum Sonnenuntergang und die Nacht hindurch ebenfalls. Diese Silbermöwen, die die Küstenregion bevölkerten, wurden in der Presse als - psychotische Killer-Vögel - bezeichnet. Ich hatte großen Respekt vor ihnen und war froh, dass uns die

Fensterscheiben trennten. Sie terrorisierten die Menschen und stellten eine Gefahr für Hunde und andere Kleintiere dar, hatte ich gelesen. Meine Fantasie zog eine Parallele zu Alfred Hitchcocks Filmklassiker *Die Vögel*. Es war meine zweite Begegnung mit einem Horrorfilm in diesem Urlaub.

Ich packte meinen Koffer nicht sofort aus, denn ich hatte mich mit Mr Buffalo verabredet. Er lief bereits auf dem fünfzig Zentimeter breiten Bürgersteig vor dem Hotel hin und her und erwartete mich. Wir hatten lange genug im Reisebus gesessen und wollten uns vor dem Abendessen unbedingt bewegen. Die heftigen Regenfälle, die während der Fahrt die vorbeirasende Landschaft verschleiert hatten, wurden weniger. Als wir losgingen, begleitete uns auf der ersten Erkundungstour nur noch ein Hauch von Nieselregen. Es lohnte sich nicht, einen Regenschirm aufzuspannen. Dennoch machte Mr Buffalo vor dunklen Wolken am Himmel und regennass glänzendem Kopfsteinpflaster einige perfekte Fotos von mir und ich peppte die dunkle Szene mit meinem geöffneten gelb-magentafarbenen Knirps auf. Die kleine Straße, in der unser Hotel lag, führte hinunter bis zur Union Street. Vorbei an Union Terrance Garden erreichten wir das Pub- und Szeneviertel Aberdeens. Es war zu früh, um die Atmosphäre des Partyviertels zu erleben. Aus den Pubs und Clubs war Musik zu hören, aber Gäste waren weit und breit keine zu sehen. Türsteher lehnten sich an die Türpfosten und stießen den Qualm ihrer selbstgedrehten Zigaretten in die Aberdeener Abendluft. Vor allem machte das diffuse Tageslicht Ecken und Hinterhöfe sichtbar, die kein Aushängeschild einer Stadt waren. Aber mir war klar, wenn die Dunkelheit ihr zartes Tuch wie ein Weichzeichner über alles legte, das nicht vorzeigbar war, würde dieser Teil von Aberdeen im nächtlichen Lichterglanz aufblühen wie meine Schlechtwetterfotos mit dem farbenprächtigen Regenschirm. Einige skurrile Gestalten staksten mit hochhackigen Stilettos an uns vorbei, vermutlich auf dem Weg zur Arbeit in einem der Clubs. Ich gaffte diese Kunstgeschöpfe nicht an. Es waren für mich Menschen aus einer Welt, die nicht die meine war. Fotos machte ich auch keine. Seltsam empfand ich, dass ein großer Musik Pub in einer ehemaligen, ehrwürdigen, gotischen Kirche untergebracht war. Meine Information war, dass hier vor circa zwanzig Jahren die Dreharbeiten für den Film Bram Stokers Dracula stattgefunden hatten, Regien Francis Ford Coppola mit Keanu Reeves und Anthony Hopkins in den Hauptrollen. Wir steiften auf dieser Reise also nicht nur historische Schlachtfelder, sondern auch interessante Drehorte bekannter Filmklassiker.

Die rockigen Klänge vermischten sich in meinem Kopf mit sakralen Tönen und ich hätte gern in das Kircheninnere hineingeschaut. Auf der unteren Stufe des Portals verharrte ich. Der Türsteher, komplett in schwarz gekleidet mit schwarzem Basecap und einer goldenen Panzerkette auf der Brust, hatte seine rechte Hand zur Faust geballt und schlug sie mehrfach hintereinander auf seine linke Handfläche. Seine dunklen Augen starrten mich kurz an. Ich bezog die Drohgebärde zwar nicht auf mich, aber dennoch beschlich mich ein unangenehmes Gefühl. Ich sah mich um. Mr Buffalo war nirgendwo zu sehen. So zügelte ich meine Neugier und entschied, auf die Besichtigung des Kirchenclub zu verzichten.

Ich umrundete die Kirche und sah Mr Buffalo. Er winkte mich zu sich und zeigte mir voller Stolz die gerade aufgenommenen Fotos. Sie begeisterten auch mich. Schöne Urlaubsfotos werden nicht immer von azurblauem Himmel gekrönt. Die regnerischen Fotos, von einem Könner aufgenommen, zeigten ein besonderes Gesicht von Aberdeen.

Das Abendessen im Hotel stammte nicht aus der Küche eines Sternekochs. Aber es als ungenießbar zu bezeichnen, war dreist. Es war essbar und ließ niemanden hungrig ins Bett gehen. Aber die ewig Nörgelnden hielten sich mit der Kritik nicht zurück. So mancher Teller wurde beiseitegeschoben, obwohl die Speise darauf kaum angerührt war. Der versöhnlichste Ausspruch, den ich auffing, lautete: »Das bisschen, was ich esse, kann ich auch trinken.«

Ich ging auch zur Bar und orderte ein Cider und ein Guinness. Mr Buffalo und ich saßen in der Gesellschaft von Jürgen, Sabine und den beiden blonden Damen und es waren angenehme Unterhaltungen, jenseits von Negativität. Aber leider konnten wir den Spruch, dass das Trinken das Essen ersetzte, nicht problemlos umsetzen. Dazu muss man ein gefülltes Glas vor sich stehen haben. Auf der Suche nach dem Schuldigen waren wir uns einig. Der Brexit in Kombination mit der Coronapandemie musste herhalten. In Schottland waren die Servicekräfte knapp, wie in anderen europäischen Ländern ebenfalls. Sie fehlten an allen Ecken und Enden.

Der junge Mann an der Rezeption war gleichzeitig der Barkeeper. Er hastete ständig zwischen seinen beiden Arbeitsplätzen hin und her. Trotzdem wurde die Schlange an der Bar länger und länger. Der nichterzielte Umsatz hätte sicher eine zusätzliche Servicekraft finanziert. Aber dass niemand zur Verfügung stand, war das ursprüngliche Dilemma.

11:45 Uhr ab Broomhill

Der geplante Tagesausflug wurde von Nina als Highlight angekündigt. Es war eine Exkursion in die schottisch historische Eisenbahnromantik. Im Cairngorms National Park fuhren wir mit der Museumsbahn Strathspey Railway, die seit 1978 zwischen Broomhill und Aviemore Einheimische sowie Touristen beförderte. Die Strecke war sechzehn Kilometer lang. Die beiden Bahnhöfe und der unseres Zwischenstopps, Boat of Garden, versprachen historischen Originalcharakter, wie meine Reiseliteratur mir mitgeteilt hatte.

Wir standen auf einem schmalen Bahnsteig unter freiem Himmel und warteten auf den Zug. Jeder hielt ein kleines blaues Pappkärtchen in der Hand. Diese Tickets hatte ein uralter Kartenautomat ausgespuckt. Die aufgedruckte Abfahrtszeit war leicht überschritten. Vergleiche zur Deutschen Bahn wurden laut.

»Ob man hier eine anteilige Fahrpreiserstattung bekommen kann, wenn dieser Bummelzug Verspätung hat?«, hörte ich.

Ich drehte mich um. Fünf unverschämte Menschen waren mir bereits begegnet. Mit dieser Frage rückte ein neues Pärchen in meinen Fokus. Ich hoffte zu ihren Gunsten, dass sie sich der Ironie bedient hatten. Aber ich war mir nicht sicher. Die beiden sahen zünftig aus. Man hätte sie für Mitglieder einer alpenländischen Trachtengruppe halten können. Das Kleid der Dame hatte nur einen Hauch von Ähnlichkeit mit einem Dirndl. Es war verziert mit

Trachtenmotiven. Ich dachte spontan ans Vogtland und ans Erzgebirge. Dort trugen einige Menschen Trachten, hatte ich zufällig in einer Dokumentation gesehen, denn typisch alpenländisch sahen sie nicht aus. »Schau mal, ich habe meine Brille nicht auf«, sagte der weibliche Part dieses Paares. »Haben wir Platzkarten?« Sie sprachen weder Bayrisch noch Fränkisch. Mit Dialekten kannte ich mich nicht aus. Ihre Aussprache hörte sich eher Hochdeutsch an, mit der Nuance einer Mundart.

»Stell dich nicht so nahe an die Bahnsteigkante«, flüsterte mir Bea ins Ohr. »Du weißt, dass es Gefahren in sich birgt.«

»Jetzt halt mal den Ball flach! Wir sind hier nicht auf einem großstädtischen Bahnhof. Ich rechne nicht mit einem Angriff. Glaubst du, dass mich ein Irrer ins Gleisbett schubst. Das halte ich für unwahrscheinlich.«

»Ist dir das Trachtenpärchen in den letzten Tagen schon einmal aufgefallen? Die beiden machen auf mich einen seltsamen Eindruck. Sei vorsichtig.«

»Ach, was du immer hast«, wehrte ich ab.

Ich entschied trotzdem, Beas Tipp zu befolgen, und trat ein paar Schritte zurück. Meinen Rucksack nahm ich von den Schultern und lehnte mich an die verblichene, gelbe Holzwand der Bahnhofsstation.

»Hast du mal überlegt, dass du nicht die Einzige bist, der das Gemecker auf die Nerven geht? Zudem gibt es tausende von Gründen, jemanden aus seinem Umfeld zu entfernen.«

Einen Moment überlegte ich. »Sind dir konkrete Anhaltspunkte bekannt?«, fragte ich Bea.

»Mir ist aufgefallen, dass im Umfeld der beiden dort drüben deine Mitreisenden oft stolpern«, sagte Bea. »Mr Buffalo ist auch einmal gefallen. Denke mal darüber nach, was er dir von Edinburgh und seinem nächtlichen Besuch auf Arthur`s Seat erzählt hat. Was ist, wenn er nicht ausgerutscht ist, sondern geschubst wurde? Diese beiden Wandervögel waren zur gleichen Zeit auf dem Berg. Sie haben sich in seiner Nähe aufgehalten.«

Über diese Hinweise würde ich nachdenken müssen.

Ein schnaufendes Geräusch näherte sich von links. Alle Köpfe drehten sich in eine Richtung. Die Reisenden richteten ihre Aufmerksamkeit auf eine schwarze Dampflok, die behäbig, Rauch aus ihrem Schornstein pustend, auf uns zufuhr. Es kam Bewegung in die Gruppe der Wartenden. Kameras und Handys wurden gezückt und alle lichteten diese Bahn aus vergangenen Tagen ab. Gespannt warteten sie darauf, dass der Zug zum Stillstand kam. Wer hatte die beste Position? Wer stand direkt vor einer sich öffnenden Tür? Wer würde zuerst den Waggon betreten? Wer hatte Zugriff auf die besten Plätze? Verdattert schauten die Wartenden hinter der Eisenbahn her. Sie hielt nicht an, sondern fuhr weiter bis zu einem aus grauem Backstein errichteten Stellwerk. Das leise Rauschen der Räder und das Schnaufen des Zuges verstummten. Der Zugführer stieg aus. Gemütlich umrundete er die Lok. Ruckelte hier und ruckelte da an einem Hebel und stieg wieder ein. Wenig später dampfte die Bahn wieder zurück und stoppte direkt vor uns am Bahnsteig Broomhill. Der Kampf um die besten Plätze war eröffnet. Die Dame mit den veganen

Teenieboots drängelte sich vor und durchschritt unter Einsatz ihrer Ellenbogen rücksichtslos die Menge. Das Trachtenpärchen sah sich an. Sie nickten sich zu. Der Bahnsteigvorsteher versuchte, das entstehende Chaos zu regeln.

Mr Buffalo stand neben mir. »Wollen wir warten?«, fragte er. Ich antwortete ihm mit Kopfnicken. »In das Getümmel stürze ich mich nicht. Wir werden sicher nicht nach Aviemore laufen müssen«, fuhr er fort.

»Hey, können Sie nicht aufpassen«, rief die Frau mit den Teenieboots. In dem Moment stolperte sie. Ein lauter Aufschrei und sie landete der Länge nach auf dem Bahnsteig. Mir gingen Beas Worte durch den Kopf. Sollte ihre Vermutung stimmen? War Frau Teenieboot dem Schubserpärchen zu nahegekommen?

Meine deutschen Mitreisenden, die das Schlangestehen nicht gewöhnt waren und bei denen das Recht des Stärkeren galt, drängten in den Waggon.

Ein schriller Pfiff aus einer Trillerpfeife ertönte. Der Bahnhofsvorsteher bahnte sich seinen Weg und positionierte seinen stattlichen Körper vor der geöffneten Tür des Waggons. Er breitete seine Arme aus, verhinderte, dass weitere Fahrgäste einstiegen. Zwei Rucksacktouristen bekamen den Vortritt. Sie flüchteten sich auf den Bahnsteig. Ich sah es ihren Gesichtern an, dass sie nicht, nicht einmal für sechzehn Kilometer, in der Gesellschaft dieser Reisegruppe verbringen wollten. Wie ein Heuschreckenschwarm hatte sie die Menge überfallen. Sie hatten bereits im Waggon gesessen und wollten nur nach

Aviemore wieder zurückfahren. Jetzt standen sie auf dem Bahnsteig und verhandelten mit dem Bahnhofsvorsteher. Kurz bevor Mr Buffalo und ich in den Waggon einstiegen, öffnete er für die beiden jungen Leute einen Waggon weiter hinten, in dem sie alleine die Fahrt zurück nach Aviemore würden genießen können.

Die Waggons waren in einem unauffälligen Rostbraun gestrichen. Die Innenausstattung präsentierte sich in einem schmuddeligen Hellgrau. Vier der durchgesessenen, mit dunkelgrünem Kunststoff bezogenen Sitze, hatten einen Tisch zwischen sich. Ich teilte mir mit Mr Buffalo eines dieser Viererabteile. Nina eilte mit großen weißen Kartons durch den Waggon. Diese enthielten die angekündigten schottischen Süßigkeiten, mit denen sie unsere Reisegruppe auf der Bahnfahrt beglücken würde. Dazu wurden Tee und Kaffee von einem historisch gekleideten Servicemitarbeiter der Bahn serviert. Der Zug fuhr langsam durch die traumhaft schöne Landschaft des Cairngorms National Parks. Ich hatte den Eindruck, man hätte während der Fahrt aussteigen und einen Blumenstrauß aus den schmalblättrigen Heidenröschen pflücken können. Die Langsamkeit, in der sich der Zug fortbewegte, trug dazu bei, dass sich mein nostalgisches Empfinden verstärkte. Genüsslich biss ich in das schottische Gebäck, das Nina mir gereicht hatte. Es schmeckte köstlich und ich ließ es mir auf der Zunge zergehen. In der Sitzgruppe hinter mir wurden Stimmen laut.

»Hast du gesehen, dass es zwei verschiedene Sorten von Gebäck gibt?«

»Ja, so ein Schokoladenplätzchen hätte ich auch gerne probiert. Zumindest hätte ich vorher gerne die Auswahl gehabt.«

Warum ist es so schwer, zu genießen oder zufrieden zu sein, dachte ich. Nina hatte sich müde auf den freien Platz zu meiner Rechten niedergelassen. Die Dame aus der Sitzgruppe hinter mir, mit ihrem angetrachteten Outfit, stand im Gang. Sie sprach Nina an. »Haben Sie für mich und meinen Mann auch so ein Schokoladengebäck?«

»Leider nein«, antwortete Nina. »Ich hatte für jeden Teilnehmer nur eines in der Konditorei bestellt. Es sind ja keine kleinen Plätzchen. Man kann sie ohne Zweifel als üppige Kuchenstücke bezeichnen.«

»Ich könnte durchaus ein weiteres vertragen. Als Sie an mir vorbeigingen, habe ich gesehen, dass noch ein paar übrig waren.«

»Ja, das stimmt«, mischte sich jetzt ihr Mann mit der Stimme aus dem Off ein. »Ich habe genau gesehen, dass da weitere fünf im Karton waren. Haben Sie zu viel bestellt oder mochte der eine oder andere Gast nichts Süßes?«

Seine Frau versuchte, die weiße Box zu öffnen, die Nina auf unserem Tisch abgestellt hatte. Die Trachtendame wollte sich davon überzeugen, dass sie mit fünf übriggebliebenen Küchlein richtig lag. Nina legte demonstrativ ihre Hand auf den Deckel. »Darin befindet sich nur noch eins und das werde ich gleich in einer freien Minute selber essen.« Murrend verschwand die Dame und setzte sich wieder. Nina drehte sich zu Mr Buffalo und mir.

»Eigentlich darf ich ja nichts sagen …«, flüsterte sie. Das lose Ende des Satzes flatterte durch den Waggon. Sie musste nicht weitersprechen, wir verstanden sie auch so. Mr Buffalos Gesicht verzog sich zu einem säuerlichen Lächeln. Er schüttelte nur den Kopf. Ich beugte mich zu Nina herüber. Hinter abgeschirmter Hand flüsterte ich ihr zu: »Ich verstehe Sie sehr gut. Wenn es nach mir ginge, dann hätte ich diese ewigen Nörgler und Miesmacher bereits umgebracht.«

Damit zauberte ich ihr ein Lächeln auf das Gesicht. Mir war klar, dass ihr die Ironie meiner Worte gefiel, aber sie waren gar nicht ironisch gemeint.

»Manchmal wünschte ich mir, einen Zauberstab zu besitzen«, antwortete Nina. »Ich würde ihn auch ohne Bedenken einsetzen. Simsalabim und weg wäre der Quälgeist. Und futuristischer ausgedrückt, würde ich manchmal jemanden einfach gerne wegbeamen auf einen anderen Stern des Universums.« Sie schaute sich um, öffnete die weiße Kuchentransportbox und reichte Mr Buffalo und mir heimlich, in innerer Verbundenheit, je ein Schokoladengebäck, das in Servietten eingeschlagen war. »Danke für Ihre Anteilnahme«, sagte Nina. Wir ließen die kleine Extrazuwendung heimlich in unseren Rucksäcken verschwinden, während der Zug langsam weiter durch den schottischen Nationalpark rollte.

Bevor wir die Endstation, den Bahnhof von Aviemore, erreichten, stoppte unser Zug in Boat of Garden. Dieser wurde als einer der schönsten, historischen Bahnhöfe Schottlands angekündigt. Die Bremsen quietschten leicht und unsere historische Bahn kam zum Stillstand. Aber die Türen öffneten sich nicht.

Die Bahnstation wurde von Freiwilligen gepflegt. Die Liebe der Helfer zu diesem Stopp steckte in jedem Detail. Soweit ich das vom Fenster aus beurteilen konnte, stimmte es. Es war ein gemütlicher, kleiner Bahnsteig mit Bänken, die zum Verweilen einluden und nicht nur simple Sitzgelegenheiten boten. Wimpelgirlanden des Union Jacks dekorierten die Häuserfronten und flatterten im Wind. Die Blumenpracht beeindruckte mich. Auf dem Bahnhof gab es Warte- und Signalhäuschen zu besichtigen. Alte Werkzeuge und Wägelchen hätten wir uns ansehen können. Im Reiseführer hatte ich gelesen, dass es hier den einzigen Wasserkran gab, an dem die Dampflok ihre Wassertanks auffüllen konnte.

Jedoch blieben die Türen des Waggons weiterhin geschlossen. Die Drängler standen im Gang und warteten auf den Ausstieg. Da nichts passierte, maulten sie. Was sollten sie auch sonst tun?

Der historische Museumszug war unpünktlich in Broomhill angekommen. Zudem hatte der Lokführer kostbare Minuten am Schaltwerk verloren, was wir uns nicht erklären konnten. Es blieben auf dem Bahnhof von Boat of Garden gerade mal sieben Minuten Zeit für einen Ausstieg. Die Zeit reichte für eine Besichtigungs- und Fotorunde nicht aus. Bei einer so großen Reisegruppe war es nicht einmal möglich, in den wenigen Minuten aus- und wieder einzusteigen. Das musste jedem klar sein. Allein auf der Damentoilette wären uns einige Gäste abhandengekommen. Der Fahrplan musste eingehalten werden. So blieben uns nur kurz Zeit, um aus dem Fenster heraus zu fotografieren. In meinen Fokus geriet der Bahnhofsvorsteher, wenn es denn einer war, der den Fahrgästen unseres Zuges freundlich winkte. Er trug eine schwarze Uniform mit einem blütenweißen Hemd. Eine Schiebermütze auf dem Kopf, gestützt auf seinen Gehstock, hatte er neben einer grellrot gestrichenen Gepäckkarre Position bezogen. Mag sein, dass er ein Relikt aus vergangenen Tagen verkörperte und sich gerne für Fotos vor der bunten Bahnhofskulisse zur Verfügung stellte. Aber egal, welche Funktion er auf dem Bahnhof Boat of Garden ausübte, für mich rundete er das Bild ab, das ich in meine Erinnerungen einziehen ließ.

Mecker, mecker, mecker. Alle nahmen zögerlich wieder Platz. Die Schimpferei setzte sich fort bis zur Endstation in Aviemore. Es wurde nach Solidarität geforscht. Einige Reisende planten, sich gemeinsam zu beschweren.

Mr Buffalo und ich erfreuten uns weiter an der Landschaft des Nationalparks, die langsam an uns vorbeizog. Wir genossen beide, mit Freude aber auch eine Spur schadenfroh, unsere zweite schottische Süßigkeit.

Auf dem Bahnhof in Aviemore herrschte reges Treiben. Touristengruppen, soweit das Auge reichte. Wir sammelten uns, mussten warten, bis alle aus unserer Reisegruppe die Toiletten wieder verlassen hatten. Über das Konstrukt einer viktorianischen Gusseisenbrücke, die die Gleise überspannte, erreichten wir die Straße vor dem Bahnhof. Dort wartete John mit dem Bus auf uns.

Der nächste Programmpunkt fiel aus. Das wussten alle recht früh, weil Nina es vorsorglich schon einen Tag vorher angekündigt hatte. Eine Großbaustelle zwang unseren Bus, leider eine andere Route zu nehmen als vorgesehen. Mitten in den Highlands gibt es kaum Straßenauswahlmöglichkeiten. Das übergeordnete Ziel war, wieder pünktlich in Aberdeen anzukommen. Wir hatten noch eine Stadtrundfahrt auf dem Plan. Es sollte genügend Zeit sein, in Ruhe ein Abendessen einzunehmen und anschließend Aberdeen by Night zu erkunden.

Der Besuch des Städtchens Braemar in Aberdeenshire fiel aus. Es gab alternative Angebote. Wir waren gespannt, was Nina für uns bereithielt. Klar wäre ich gerne durch den Ort Braemar geschlendert, aber mehr wie das Bewusstsein, dass hier jährlich die schottische Highland Games stattfanden, hätten wir ohnehin nicht gehabt. Diese traditionellen Veranstaltungen sind mit sportlichen Wettkämpfen gleichzusetzen. Früher waren es die Clans, die hier zusammenkamen und gegeneinander antraten. Aber an diesem Tag fand so ein Wettbewerb des Kräftemessens nicht statt. Keiner von uns hätte schottischen Männern in zünftigen Kniestrümpfen und karierten Schottenröcken beim Tauziehen, Baumstammwerfen oder Hammerwerfen zusehen können. Niemand hätte von einer traditionellen schottischen Musikkapelle Fotos machen können.

»Sag an, hast du einen Auftrag für mich?« Ich hatte während der Fahrt im Museumszug das Gefühl, Bea säße auf dem freien Platz

neben Mr Buffalo. Ich konnte es mir nicht vorstellen, aber es war möglich, dass Bea einen Weg in seine Gedanken gefunden hatte.

»Nein, im Moment habe ich keine Energie für weitere Aktionen. Ich komme gerne auf dein Angebot zurück. Mir fehlt etwas Schlaf, um klar denken zu können.«

Die erste versprochene Entschädigung unterbrach meinen Busschlaf. Statt durch den Ort Braemar zu schlendern, stoppten wir an einer Wiese, auf der schottische Hochlandrinder grasten. Jetzt erklärte sich der große Beutel, gefüllt mit frischen Möhren, den ich vorne beim Fahrer entdeckt hatte. Ausgestattet mit Karotten in der Hand, standen wir am Weidezaun. Die zotteligen, rotbraunen Highland Cattle trabten auf uns zu. Sie reckten ihre dicken Köpfe über die Gehegeabgrenzung. Gierig forderten sie uns mit ihren warmen Zungen auf, ihnen das Futter zu reichen. Aus ihren Nüstern schlug mir ihr warmer Atem entgegen. Mich beeindruckten ihre symmetrisch geschwungenen Hörner. Vorsorglich hielt ich trotz der Barriere zwischen uns großen Abstand. Ihr wuscheliger langer Pony, der die riesigen, braunen Augen fast verdeckte, suggerierte etwas von Niedlichkeit, die aber den Respekt vor den langen Hörnern nicht ausschließen durfte.

Ich erwartete Geschrei. Nina hatte zur Vorsicht gemahnt, aber die Unverbesserlichen, allen voran das Trachtenpärchen, ließen sich Wange an Wange mit einem Hochlandrind ablichten. Dann passierte es. Der prophezeite Schrei und eine aufgeschlitzte Trachtenjacke waren das Ergebnis. Und? Wer trug die Schuld an diesem

Gott sei Dank unblutigen Desaster? Nina, die Reiseführerin. Wer sonst?

»Wenn wir wie geplant in das Zentrum der Highland Games gefahren wären, dort Zeit verbracht hätten, dann hätten wir hier nie angehalten und meiner Frau wäre diese Attacke erspart geblieben. Wer bezahlt uns jetzt den Schaden?«

»Ja, ja, hätte, hätte Fahrradkette«, hörte ich und mir wurde wieder bewusst, wo meine Mitreisenden beheimatet waren. Ich reichte meine Möhre an Mr Buffalo weiter. Er war mutig genug, sie vorsichtig zu verfüttern.

John freute sich über die Begeisterung seiner Reisegruppe. Bis auf den Zwischenfall mit der unvorsichtigen Dame, die jetzt einen Winkelhaken am Janker hatte, waren alle erfreut über diesen unplanmäßigen Stopp.

Einen weiteren Abstecher machten wir zu einer Keksfabrik. Diese war eine der ältesten Produktionsstätten Schottlands, in denen Shortbread hergestellt wurde. Shortbread ist ein typisches schottisches Gebäck, das in keinem Souvenir Shop fehlen darf. Ich hatte mir unterwegs einige Male diese Köstlichkeit gekauft und sie während eines Tagesausflugs genascht. Im werkseigenen Verkaufsshop war das Angebot riesig. Kunstvoll gestaltete Metallboxen konnten dort erworben werden, die einen krümeligen Transport des Gebäcks im Koffer nach Hause ausschlossen. Ich kaufte mir eine kleine Packung - Shortbread Fingers - zum Verzehr auf der restlichen Strecke nach Aberdeen. Aber meine Mitreisenden plünderten den Laden. Die Schlange an der Kasse war lang.

Bei dem Rundgang durch den Verkaufsladen hatte ich neben der Dame mit den veganen Teenieboots und ihrem unscheinbaren Mann gestanden. Zwangsläufig hörte ich, was sie zu kaufen planten.

»Die Boxen sind total preiswert. Davon nehmen wir jeder eine. Die befüllen wir mit Keksen«, hörte ich.

Warum sie flüsterten, erschloss sich mir erst später, als sie vor mir an der Kasse ihre Rechnung bezahlen sollten. Sie waren total empört, dass die Kassiererin die Boxen nicht einfach über den Scanner schob, sondern öffnete und die Preise des Inhalts extra in das Kassensystem einscannte.

»Das ist so nicht richtig, die Geschenkboxen kosten nur fünf Pfund«, echauffierte sich die Frau. »Wir haben die Schachteln so aus dem Regal genommen und wir bezahlen auch nur, was darauf steht.« Sie hatten tatsächlich eine gefüllte Box mit geöffnetem Deckel aus der Warenpräsentation herausgenommen. Damit sollte gezeigt werden, wie sicher man die leichten, schnell krümelnden Plätzchen, in der Metallbox transportieren konnte. Eine zweite Dose hatten sie allerdings selbst gefüllt. Sie setzte auf ihre Dreistigkeit. Die Kassiererin wusste nicht, was die Dame reklamierte, da sie kein Deutsch verstand.

»Do you need a bag?«, fragte sie freundlich und nahm eine Papiertragetasche aus dem Regal.

»Misch dich da jetzt nicht ein«, flüsterte mir Bea ins Ohr. »Das ist kein sprachliches Missverständnis, das ist ein Betrugsversuch. Sie haben es darauf angelegt, die Kekse, die wesentlich teurer sind als die Geschenkverpackungen, herauszuschmuggeln. Dafür sollen sie selbst geradestehen.«

»Du hast recht.« Gelangweilt sah ich mich im Laden um, winkte Mr Buffalo zu und tat so, als würde mich das Gezeter vor mir in der Schlange nichts angehen. Ich freute mich, dass keine anderen Mitreisenden sich veranlasst sahen, diesem Diebespärchen zu Hilfe zu eilen.

»Die beiden haben in der Reisegruppe ihre Spuren hinterlassen. Kein Wunder, dass ihnen niemand beisteht, um die peinliche Situation zu drehen.«

»Ich glaube, ich habe jetzt doch einen Auftrag für dich, liebe Bea«, flüsterte ich.

Aberdeen in the Evening and by Night – interessant und mörderisch

Die Tour durch Old Aberdeen vermittelte mir einen weiteren Eindruck vom Gesamtbild dieser Stadt. Aber es reichte nicht aus, um diese Universitätsstadt richtig kennenzulernen. Angeregt durch die gebündelten Eindrücke nahm ich mir vor, irgendwann hierher zurückzukehren. Rundreisen haben nun mal nicht den Anspruch, sich intensiv auf einen Ort einzulassen. Es sind nur Appetizer.

Unser Bus stoppte in einer winzigen Seitenstraße am Campus der Universität von Old Aberdeen. Die Gebäude längst vergangener Tage hoben sich imposant vom azurblauen Himmel ab. Efeu überwucherte Teile der Fassaden. Eine blühende Pflanzenfülle in den Beeten verwandelten den Campus in einen Park. Hier spalteten sich wieder die Interessen unserer Reisegruppe. Ein Teil meiner Mitreisenden war auf der Suche nach einem Café. Sie wollten gemütlich in der Sonne verweilen und das schöne Wetter bei einer Tasse Kaffee genießen, statt durch historische Gemäuer zu schlendern. Andere machten sich auf die Suche nach Souvenirshops, die es aber hier in der Region rund um die Universität ebenso wenig gab wie Cafés. Beide Grüppchen stiegen nach kurzer Zeit recht unzufrieden wieder in den Bus ein, weil sie nichts Passendes gefunden hatten. Eine andere Gruppe war erst gar nicht ausgestiegen, weil sie kein Interesse an alten Gebäuden hatte, in denen akademische Bildung zuhause war. Mr Buffalo und ich zählten zu denjenigen, die in verschwindender Unterzahl über den Campus streiften und sich auf den Geist des Ortes einließen. Ich hatte den Eindruck, die Gemäuer sprachen zu uns. Sie erzählten Geschichten aus fünfhundert Jahren Bildung und Wissenschaft. Mehrere Nobelpreisträger hatte diese Universität hervorgebracht. Ich war froh, wenn auch eine Spur schadenfroh, dass ich meine Ruhe hatte und die Miesepeter und ewigen Nörgler isoliert im Bus saßen und auf diejenigen warten mussten, denen dieser geschichtliche Ort etwas bedeutete.

Am Abend gingen wir in Begleitung von Sabine und Jürgen und den beiden blonden Damen in eines der Restaurants, das Nina uns empfohlen hatte. Nur eine Querstraße von unserem Hotel entfernt lag *The Braided Fig*, die geflochtene Feige. In dem Moment, in dem ich das Restaurant betrat, erschloss sich mir der seltsame Name. Mitten im Raum stand ein Feigenbaum mit einem geflochtenen Stamm. Rundherum gruppierten sich Tische und Stühle. In angenehmer Umgebung speisten wir vorzüglich. Erst als wir wieder auf die Straße traten, fragte Sabine: »Ist euch aufgefallen, dass wir die einzigen deutschsprachigen Gäste waren? Ich fand es sehr erholsam. Niemand, der uns mit seinem Genörgel nervte.« Das konnten wir alle bestätigen.

Mr Buffalo und Jürgen zeigten keine Spur von Müdigkeit. Sie machten sich auf den dreißigminütigen Fußweg zum Hafen. Auf der Stadtrundfahrt hatten wir zwei Großsegler am Kai liegen sehen. Diese wollten sie genauer erkunden.

Ich bog mit den Frauen unserer kleinen Gruppe vorher
links ab und wir tauchte in das Szeneviertel ein, in dem sich
Pubs und Musikclubs aneinanderreihten. Die Segler reizten
uns nicht so sehr. Wir schlenderten an Etablissements
vorbei. Rockige Klänge sowie Soul- und Jazzmusik quollen
aus den geöffneten Türen. Die Türsteher, die aufdringlich
auf uns einredeten, um uns in ihre Vergnügungshöhlen zu
ziehen, waren mir nicht geheuer. Wir suchten einen
ruhigeren Pub, wo man ungestört etwas trinken konnte. Die
Musik durfte nur so laut sein, dass wir uns würden
unterhalten können. Ich betrachtete die Gäste vor den
musiklastigen Clubs, die auf Einlass warteten. Es waren
hauptsächlich Besucher im Teeniealter. Ausgefallen gestylt,
viel nackte Haut präsentierend, waren sie bereit für eine
lange Nacht. Es war Samstagabend und Partytime. Da
wären wir vier alte bis mittelalte Frauen eher die Exoten
unter den Gästen gewesen. Wir entschieden uns für den
Pub Ma Camerons, in dem bereits seit dreihundert Jahren
die Gäste ihr Bier an der Theke bestellten. Dieser hatte
keinen Türsteher und wir traten nicht durch einen
musikalischen Beschallungsvorhang in den Pub ein. Ein
Gewirr von kleinen Räumen, unterschiedlich ausgestattet,
winzigen Tanzflächen und Chill Rooms nahm uns auf. Wir
fanden einen Schankraum, in dem ein freier Tisch nur auf
uns wartete. Mr Buffalo und Jürgen hätten später Platz, sich
dazu zu setzen. Wir würden nur etwas zusammenrücken
müssen. Sabine schickte ihrem Mann den Namen des Pubs
und unseren Standort auf sein Handy. Ich bezweifelte, dass
die beiden uns hier finden würden. Den Pub würden sie
entdecken, aber in dem gigantischen Menschengewirr, das
ständig in Bewegung war, weil alle ihre Getränke selbst an

den unterschiedlichen Theken bestellten und abholten, war es nicht so leicht, uns auszumachen.

Es dauerte seine Zeit, bis wir alle ein Getränk vor uns stehen hatten. Unsere Gläser klirrten gegeneinander, als wir auf den informativen und besonderen Schottlandurlaub anstießen. Mir gefiel es in diesem Pub. Chatter, Chatter, Chatter. Eingebettet in englischen Smalltalk, unterhielten auch wir uns angeregt. Wir waren uns einig, ein perfektes Plätzchen gefunden zu haben, und tauchten ein in die Atmosphäre dieses schottischen Pubs. Ich fühlte mich sehr wohl. Da ich lauter sprach als üblich, forderte meine Kehle ein weiteres Cider, um die Stimmbänder geschmeidig zu halten. Ich machte mich auf den Weg zur Bar.

»Zwei Bier«, hörte ich, als ich vor den Zapfhähnen stand. Fasziniert beobachtete ich den goldenen Strahl, der aus einem messingfarbenen Hahn lief und die Gläser füllte.

»What kind of beer do you want?«

Die Anzahl der Zapfstellen war groß. Da musste man schon genau sagen, was man wollte oder wenigstens mit dem Finger auf den entsprechenden Zapfhahn weisen. Bunte Werbebuttons informierten über die Getränkemarken. Wie es aussah, wurden hier im Akkord die Gläser befüllt. Zudem wurde jedes Getränk gleich an der Bar bezahlt, bevor man damit in der Menschenmenge wieder verschwand. Weil der junge Mann hinter der Theke keine Antwort bekam, bediente er andere Kunden und ließ der Deutschen neben mir Zeit auszuwählen.

»Zwei Bier hab ich gesagt. Wird man hier nicht der Reihe nach bedient? Oder geht es hier nach Schönheit?«

Oh, oh, die Stimme kannte ich. Vor der Theke in diesem Raum standen viele Pub Besucher, die ein Getränk bestellen wollten, dass es mir nicht möglich war, auf die Schuhe der Dame neben mir zu schauen. Aber ich wusste genau, wer da zu meiner Rechten stand. Auf das Identifizierungsmerkmal - Teenieboots - musste ich keinen Blick werfen. Ich zückte meine Kreditkarte, bezahlte und nahm zwei der vier bestellten Cider entgegen.

»Was ist mit deinem Helfersyndrom?«, flüsterte mir Bea ins Ohr, während ich die Getränke durch das Menschengewirr balancierte. »Sie spricht kein Englisch, erinnerst du dich?«

»Was geht mich das an? Um hier etwas zu trinken zu bekommen, muss man der englischen Sprache nicht mächtig sein. Und der Person helfe ich auf gar keinen Fall.«

»Das dachte ich mir, meine Frage war ironisch gemeint«, fuhr Bea fort.

»Die Runde geht auf mich«, sagte ich und stellte zwei Cider auf dem schmalen Holztisch ab.

»Danke, setz dich, die anderen beiden Gläser hole ich ab«, sagte Sabine, die spontan aufgestanden war. Ich gab der Bedienung hinter der Theke ein Handzeichen und wies auf Sabine. Der Barmann nickte.

Sabine kam zurück. »Wisst ihr, wer mir gerade an der Theke begegnet ist? Diese unmögliche Frau aus unserer Reisegruppe, die mit diesen ausgefallenen Schuhen«, sagte sie.

»Ach, meinst du diese alte Tussi, die sich stets wie ein Teenie kleidet?«, sagte Blondie Junior.

»Genau. Sie streitet sich auf Deutsch mit dem Barmann.«

»Hast du ihr nicht deine Hilfe angeboten?«, fragte ich Sabine und verkniff mir ein Grinsen.

»Wo denkst du hin, die hat mich auf unserer Tour so oft verbal attackiert, dass ich keine Veranlassung sehe, ihr zu helfen.«

Wir erhoben unsere Gläser und blendeten diese schreckliche Frau aus.

»Auf unsere Gesundheit! Slàinte Mhath!«, sagte ich. Das war Gälisch, eine der offiziellen Sprachen Schottlands, die aber nicht mehr sehr verbreitet war.

Mein Reiseführer hatte mich aufgeklärt, dass Schottland dreisprachig war. Englisch, Scots und Gälisch. Nina hatte erzählt, dass es offiziell eine vierte Sprache gab, die Gebärdensprache. Eine sehr fortschrittliche und lobenswerte Idee, überlegte ich.

»Da habt ihr euch einen urigen Pub ausgesucht. Du scheinst dich ja gut zu unterhalten«, wisperte Bea. »Ich glaube, es ist so weit«, fuhr sie fort. »Ich gehe jetzt zur Bar und mische mich da ein. Das Verhalten dieser abgedrehten Meckerliese werde ich stoppen. Sie vermittelt einen Eindruck von uns Deutschen, der bei mir das berühmte Fremdschämen auslöst.«

Ich konzentrierte mich ab jetzt darauf, was an der Bar passierte. Die Teeniefrau hatte ihre Schimpftiraden immer noch nicht beendet. Ihr Gatte stand mit hängenden Schultern schweigend hinter ihr. Sie drehte sich zu ihm um. »Ich werde wahnsinnig«, rief sie. »Sag doch auch mal was. Kannst du mich nicht unterstützen? Dieser Barkeeper hinter der Theke behandelt mich, als wäre ich Luft für ihn.«

»Was ist mit dir?«, fragte mich Sabine. »Bist du müde? Du scheinst so abwesend zu sein.«

»Nein, nein, alles gut. Aber der Tag war lang und die vielen Eindrücke der gesamten Reise hinterlassen ihre Spuren«, antwortete ich und prostete ihr zu.

Ich sah erneut zur Bar. Erstaunt stellte ich fest, dass meine beiden Beobachtungsobjekte sich aus der Gruppe der Durstigen gelöst hatten. Mit zufriedenen Gesichtern und je einem Glas in der Hand kamen sie auf unseren Tisch zu. Sie blieben stehen. Wütend sahen sie Sabine und mich an. Das Zucken ihrer Mundwinkel ließ einen Redeschwall vermuten.

»Es gibt eben doch hilfsbereite Menschen«, sagte die Teeniefrau zu ihrem Mann und ließ ihren Blick vorwurfsvoll über unserer Sitzgruppe kreisen. Sie starrte mich an. Frag mich jetzt bitte nicht, ob wir auf der Bank zusammenrutschen, dachte ich. Wir rücken nicht zusammen. Ich hatte ein Déja vu und die Szene an unserem Nordrhein-Westfalen-Tisch im Edinburgher Pub blitzte in meinen Gedanken auf.

»Hier ist kein Platz mehr. Wir erwarten noch zwei Personen«, sagte ich vorsorglich. Sabine nickte zustimmend.

Die Dame mit den veganen Boots hatte das letzte Wort. »Ich habe doch gar nicht gefragt, ob wir uns zu Ihnen setzen dürfen«, sagte sie schnippisch. Sie richtete sich an ihren

Mann, der im Stehen sein Glas schon halb geleert hatte. »Lass uns mal nach der netten älteren Deutschen Ausschau halten, möglich, dass wir in ihrer Gesellschaft einen Platz finden.«

Bea, dachte ich und starrte auf den seltsam grünen Inhalt im Glas von Frau Teenieboot, das sie hocherhobenen Hauptes an uns vorbeitrug.

Sabine tastete in ihrer Jackentasche nach dem Handy. »Es ist mein Mann. Sie sind gleich da.« In dem Moment schwang die Tür auf. Jürgen und Mr Buffalo traten ein. Beide starrten auf ihre Smartphones. Dank der Google App hatten sie uns in diesem verwinkelten großen Pub gefunden. Sie steuerten beide direkt die Bar an.

Der Gedanke an die frühe Abfahrtszeit am nächsten Morgen ließ uns kurze Zeit später den Heimweg antreten. Die Straßen waren wieder trocken. Über das nächtliche Aberdeen wölbte sich ein Sternenhimmel, als hätte es nie Regenwolken gegeben. Das Partyviertel lag hinter uns. Wir liefen über die Union Street zurück zu unserem Hotel. Auf halber Strecke entdeckten wir am Straßenrand einen Wagen des Scottish Ambulance Service. Das Signallicht bedeutete, dass die Helfer im Einsatz waren. Angetrunkene Schaulustige zückten ihre Handys. Mitten unter ihnen entdeckte ich aus dem Augenwinkel den unscheinbaren alten Mann aus unserer Reisegruppe. Aber wo war seine Teeniefrau? Wir wurden an dem kleinen Menschenauflauf vorbeigeleitet.

»Es scheint in jeder Stadt das Gleiche zu sein. Wenn gefeiert wird, ist stets jemand dabei, der einen über den Durst trinkt. Und wo das endet, sieht man ja hier«, sagte Sabine.

»Es muss nicht immer der Alkohol sein, der zu einem Blackout führt«, entgegnete ich.

Mörderische Fotostopps auf dem Weg nach St. Andrews

Der imposante Kopf des schottischen Highland Cattle an der Rezeption irritierte mich erneut. Aus dem Augenwinkel sah ich, dass etwas damit passiert sein musste.

Vom Frühstücksraum aus erreichte mich der angenehme Duft von frisch aufgebrühtem Kaffee. Im Geiste hielt ich einen Becher, gefüllt mit diesem morgendlichen Lebenselixier, in der Hand. Dennoch verharrte ich einen Moment. Ich drehte mich um, schaute wie am Vortag in die großen, dunklen Augen dieses Rinderkopfes, die durch die strubbelige Mähne lugten. Dann entdeckte ich, was meine Aufmerksamkeit auf sich gezogen hatte. Dem präparierten, schiefhängenden Kopf fehlte eines der auffälligen Hörner. Jetzt nahm ich die allgemeine Aufregung, die unter dem Personal herrschte, wahr. Hektisch liefen Mitarbeiter hin und her, telefonierten laut und sperrten den Rezeptionsbereich mit blauweißem Flatterband ab. Darauf stand: Police Line do not cross. Durch die große Fensterfront zur Straße sah ich einen Polizeiwagen direkt vor dem Hotel vorfahren. Ich war davon ausgegangen, dass dieser Rinderkopf eine perfekte Attrappe sei, und aus Kunststoff, Styropor, synthetischen Haaren und Glasaugen bestand. Aber wie es schien, war er realistischer, als ich gedacht hatte. Tierpräparation war in Great Britain eine Kunst, besonders im viktorianischen Zeitalter. Ein leichtes Schaudern lief mir über den Rücken. Ausgestopfte Tiere fand ich fast noch schrecklicher als Pelzmäntel.

Mit meinem Kaffeebecher setzte ich mich zu Mr Buffalo, der eine Schale Müsli vor sich stehen hatte. Er lächelte mich freundlich an. Sein Gesichtsausdruck verbreitete gute Laune.

»Haben Sie mitbekommen, was da an der Rezeption los ist?«, fragte ich.

»Nicht direkt, aber es geht nicht um die Zerstörung dieses organischen Kunstwerks an sich, sondern darum, dass jemand eines der Hörner als Tatwaffe zweckentfremdet hat.«

Oh Gott, Bea, dachte ich, diese mörderische Schwester im Geiste. Hatte sie sich verselbstständigt? War sie zur Täterin geworden, ohne sich mit mir abzusprechen? Ich stand auf, röstete mir einen Toast und lud mir eine Portion Scrambled Eggs auf den Teller.

»Ich war das nicht, ehrlich«, flüsterte sie mir ins Ohr, als ich mir ein Glas Orangejuice eingoss.

»Es gibt viele Menschen auf unserem Planeten, die ihre Probleme mörderisch lösen. Manche agieren still und heimlich, so wie ich, andere inszenieren ihre Taten. Ich war es auf jeden Fall nicht.«

»Was sagt Nina dazu? Haben Sie schon mit ihr gesprochen?«, fragte ich.

Mr Buffalo setzte seinen Kaffeebecher ab. »Wir reisen wie geplant weiter. Uns betrifft dieser Zwischenfall nicht. Der Täter ist schon auf dem Weg in die Zelle.«

»Wer ist denn das Opfer?«, fragte ich. »Kennen wir es?«

»Opfer hört sich so dramatisch an. Ein Mitarbeiter ist mit dem Horn niedergeschlagen worden. Er hat nur eine leichte Prellung erlitten. Es muss um Abrechnungsunstimmigkeiten gegangen sein. Mehr weiß ich nicht«, informierte Mr Buffalo unsere Frühstücksrunde.

»Was gibt es sonst Neues«, fragte ich.

»Ich hab geschlafen wie ein Toter im Sarg. Mit Ohrstöpseln schläft man hier perfekt. Ich habe die Möwen auf stumm geschaltet«, sagte Jürgen. Die Vorstellung, in einem Sarg zu liegen, nur um ungestört zu schlafen, ließ mich erneut erschaudern.

»Ansonsten gab es da ein kleines nächtliches Ereignis. Eine unserer Mitreisenden ist ins Krankenhaus eingeliefert worden. Nina hat gesagt, wir fahren ohne sie weiter. Keine Ahnung, wer diese Person ist«, teilte uns Sabine mit.

Beas nächtliche Aktion ging mir nicht aus dem Sinn. Wenn sie nicht für den Zwischenfall an der Rezeption verantwortlich war, dann brachte ich sie auf jeden Fall mit unserer Mitreisenden, die angeblich im Krankenhaus lag, in Verbindung. Ich hätte Bea jetzt gerne gefragt, was es mit dem giftgrünen Getränk am Vorabend im Pub auf sich hatte, aber sie meldete sich nicht bei mir.

Die meisten Reisenden hatten es sich im Bus gemütlich gemacht. Sie realisierten nicht, dass der Bus, der ohnehin zu Anfang der Reise nicht voll besetzt war, einige freie Plätze mehr hatte. Alleinreisende freuten sich, einen leeren Platz neben sich zu haben und positionierten aus Bequemlichkeit ihren Rucksack auf dem Nebensitz. Ich hatte die Fahrt auch alleine angetreten, ebenso wie Mr Buffalo, aber wir hatten zueinandergefunden. Wir genossen die Reise gemeinsam.

Die letzte Etappe unserer Schottlandrundreise stand bevor. Nach kurzer Fahrt folgte der erste Fotostopp. Wir hatten die Stadtgrenze von Aberdeen noch gar nicht passiert. John lenkte den Bus fast bis an den Strand. Der Wind fegte uns um die Ohren, zerzauste die Haare und nahm uns den Atem. Der blaue Himmel, die Morgensonne, die prickelnde Seeluft und erst die Aussicht auf das Meer erhöhten meine Laune um ein Vielfaches. Die am Morgen so sorgsam geföhnten Frisuren einiger Gäste wurden gnadenlos ruiniert. Ihre Alternative war: Sie blieben im Bus sitzen und maulten über den Stopp am Meer. Sie ahnten nicht, was sie verpassten.

Nina führte uns in eine kleine Siedlung, die Anfang des 19. Jahrhunderts für Fischer geplant und errichtet wurde. Es war kein gewachsener Ort. Er trug den Namen Footdee. Im lokalen Volksmund wurde er Fittie genannt. Die Ansammlung dieser Steinhäuschen lag an der Mündung des River Dee, der gleichzeitig die Einfahrt zum Hafen von Aberdeen war. Kleine Fischerkaten mit winzigen, liebevoll bepflanzten und dekorierten Gärten reihten sich aneinander. Die Häuser waren farbenprächtig. Rote, zitronengelbe Türen, hellblau gestrichene Mauern, gelbe Blumenkästen und eine schier explodierende Fülle bunter Blumen machten diesen Ort aus. Eine winzige Kunstgalerie lud zur Besichtigung ein und zuvorkommende, freundliche Menschen hießen uns willkommen. Es war ein Platz zum Wohlfühlen und ein Fotomotiv toppte das nächste.

Ich ging ein Stück die Promenade entlang. Zu dieser frühen Stunde des Tages liefen Jogger parallel zum Meeressaum. Sie genossen die einzigartige Natur. Ich konnte mir vorstellen, was hier am Nachmittag los sein würde. Dieser Stadtstrand war ein ideales Erholungsgebiet für die Einwohner von Aberdeen, besonders an einem Sonntag.

Die uns zur Verfügung stehende Zeit neigte sich dem Ende zu. Hier wäre ich gerne länger geblieben. Wir saßen alle wieder abfahrbereit im Bus, als Nina uns mitteilte, welche Nachricht ihr eine Kollegin in diesem Moment mitgeteilt hatte.

Die beiden Großsegler, die in Aberdeen am Kai gelegen hatten, würden in den nächsten zehn Minuten aus dem Hafen auslaufen und das offene Meer erreichen. Der Gedanke, das Schauspiel vom Strand aus zu sehen, wurde freudig begrüßt. Aber wieder mal nicht von allen. So ist es halt, man kann es nicht allen recht machen. Nina entschied, dass wir eine Viertelstunde länger hier verweilten. Wir stiegen wieder aus und stellten uns an die Mauer, die den Strand von der Promenade abgrenzte und warteten. Mit Motorenkraft traten die Segelschiffe aus dem Hafenbecken heraus. Erst als sie das offene Meer erreicht hatten, begannen sie die Segel zu hissen. Ein beeindruckendes Bild. Ein Hauch von Fernweh stellte sich bei mir ein. Ein ähnliches Gefühl empfand ich, wenn ich an den Landungsbrücken in Hamburg stand und den großen Containern oder Kreuzfahrtschiffen hinterhersah.

Gestört wurde dieser Moment der Romantik durch einen lauten Wortwechsel. Genau verstehen konnte ich nichts. So wie ich von Weitem die Situation einschätzte, war das Trachtenpärchen ausgestiegen. Sie standen ganz dicht bei

Nina. Ich hatte den Eindruck, sie bedrängten sie. Auf jeden Fall stritten sie sich. Ich konnte mir gut vorstellen, was der Gegenstand dieser Auseinandersetzung war: Die verspätete Weiterfahrt. Ich erinnerte mich, was Bea mir zugeflüstert hatte. Genau das geschah gerade. Die Trachtenfrau erhob ihre Hand, stieß Nina gegen die Brust. Diese fiel rückwärts auf die steinerne Promenade. Sie waren die Schubser in unserer Reisegruppe, die wieder und wieder Mitreisende zu Fall gebracht hatten. Das war mir jetzt klar.

»Hey, was machen Sie da?«, rief ich gegen den Wind und lief auf die Drei zu.

Nina rappelte sich auf und wehrte ab. »Lassen Sie mal, ist ja nichts passiert. Ich bin gestolpert. Alles halb so schlimm«, beschwichtigte sie die Situation. Sie drehte sich um und ging zum Bus. Hoffentlich lässt sie das nicht auf sich beruhen, dachte ich. Tätlichen Angriff auf eine Reiseleiterin, das ging gar nicht. Der größte Teil der Reisegruppe hatte diesen Zwischenfall nicht bemerkt, denn vom Bus aus konnten sie die Situation nicht beobachten, und die anderen starrten gebannt auf die Segler und machten Fotos. Ich hatte eine Ahnung, wer diese Auseinandersetzung noch miterlebt hatte.

»Wie romantische«, hörte ich. »Auf so einem Zweimaster die Welt umsegeln, das muss ein Traum sein.«

»Ich schaue den Segelschiffen lieber hinterher und bewundere sie. Aber selbst mitsegeln muss ich nicht. Segelschiffe dieser Art haben für mich etwas von Nostalgie. Ich glaube, ich würde ein Kreuzfahrtschiff vorziehen«, sagte ich.

Als Letzte bestieg ich den Bus. »Willst du drüber reden?«, fragte Bea, als ich die Stufen hochstieg.

»Worüber?«

»Über das ungezügelte, handgreifliche Verhalten diese Dirndl-Dame.«

»Nein, du hast freie Hand.«

»Eine Frage noch? Hattest du etwas mit dem Zwischenfall heute Nacht an der Rezeption zu tun?«

»Wo denkst du hin, ich werde doch nicht ohne persönlichen Grund aktiv.«

Mr Buffalo hatte den Fensterplatz eingenommen. Er sah sich, begeistert von seiner grandiosen Fähigkeit zu fotografieren, die aufgenommenen Bilder von Fittie und den Großseglern auf seinem Smartphone Bildschirm an. Ich betrachtete meine Fotos. Eine Aufnahme, die ich in Fittie gemacht hatte, schaute ich mir genauer an. Ich vergrößerte sie. Sie lichtete ein Schild ab, auf dem Stand: It´s nice to be important, but more important to be nice! Darüber sollte der eine oder andere speziell in unserer Reisegruppe einmal nachdenken.

Das geschichtsträchtige Schottland mit mehr als eintausendfünfhundert Burgen und Schlössern nahm uns wieder auf. Die meisten Reisenden waren müde. Sie sackten in ihren Sitzen zusammen und dösten vor sich hin. Einige meiner Reisebegleiter verfielen in einen Tiefschlaf. Es dauerte nicht lange, bis ein rhythmisches Schnarchen zu hören war.

Nina spielte ab und zu den Spielverderber und weckte die Schnarchnasen auf, indem sie zum Mikrophon griff und uns mit neuen Informationen zur nächsten Destination fütterte.

Drei Kilometer südlich von Stonehaven lenkte John den Bus Richtung Nordostküste. Unser anvisierter Ausflugsstopp war ein von kriegerischen Auseinandersetzungen geprägtes Castle vergangener Tage. Die Ruine Dunnottar Castle thronte auf einer felsigen Landzunge. Von Weitem sah es aus, als läge es auf einer vorgelagerten Insel. Einige Gebäudereste konnte man von Land aus erkennen. Aber wie bei anderen historischen Bauwerken war keine genaue Bauzeit festzulegen. Die Burg wurde zwischen dem 14. und 16. Jahrhundert erbaut, umkämpft, zerstört und wieder hergerichtet. Die strategische Lage des Castles war dafür verantwortlich. Jetzt zerfielen ihre Überreste, weil das stürmische und regnerische Küstenwetter stetig an ihnen nagte. Im Reiseführer las ich, dass vermutet wurde, dass das Castle im frühen Mittelalter bis zu den Jakobitenaufständen im 18. Jahrhundert eine wichtige Rolle gespielt hatte.

Während des englischen Bürgerkriegs wurden in Dunnottar Castle die schottischen Kronjuwelen vor Oliver Cromwell und seinen Truppen versteckt.

Ein kleiner Fußweg führte uns nahe an die Steilküste heran. Wir sahen auf einen zerklüfteten Küstenstreifen und auf die Reste der Burg vor der endlosen Weite des Meeres. Ein Postkartenpanorama mit blauem Himmel, dezent gesprenkelt mit Schäfchenwolken.

Der Wind wehte kräftig. Er zerfetzte die letzten gestylten Frisuren meiner Mitreisenden. Diese Beobachtung verleitete mich zu einem leichten Lächeln. Ich gestehe, dass ein

Hauch von Schadenfreude mitschwang. Einige Damen hatten die Kapuzen ihrer Jacken übergestülpt. Andere kämpften mit Schals und Tüchern, um sich vor dem starken Wind zu schützen. Eine Windbö ergriff das kesse Hütchen der Trachtendame. Dieses machte sich selbstständig, wirbelte durch die Luft und bewegte sich vor den Augen aller, wie ein abstürzender Paragleiter, in eine unendliche Tiefe. Es verschwand zwischen schroffen Felsen. Dass dieser Verlust nicht kommentarlos hingenommen wurde, war mir klar.

Die angefachte Diskussion später im Bus beschäftigte sich mit der Frage: Wer ersetzt der Dirndl-Dame den teuren, edlen Filzhut mit dem kessen Gamsbärtchen? Möglich, dass die Trachtenhutbesitzerin der Meinung war, dass der Reiseveranstalter darauf hätte hinweisen müssen, dass an der Küste der Wind stürmte.

St. Andrews, mörderisch historisch

Auf den Küstenort St. Andrews war ich gespannt. Als begeisterte Golfspielerin hatte ich darauf spekuliert, hierher einmal eine Reise zu unternehmen.

Jetzt näherte sich unser Bus meinem Sehnsuchtsort, der kleinen schottischen Stadt nordöstlich von Edinburgh an der Ostküste des Landes. Sie ist die weltberühmte Heimat des Golfsports. Wen wunderte es, dass in fast jedem Geschäft Golf Equipment angeboten wurde. Es gab sogar Golfbälle aus Schokolade und Marzipan zu kaufen. Selbst die Eiskugeln im Hörnchen zierten die winzigen Dellen, die einen Golfball ausmachen. Im Fachhandel wurden dagegen echte Golfbälle aller möglichen Marken mit spektakulären und individuellen Logos angeboten, die das Herz eines jeden Golfspielers höherschlagen ließen. Die Golfkleidung, die ich in den Schaufenstern entdeckte, irritierte mich. Hier schienen die Golfspieler noch in Traditionskleidung über die altehrwürdigen Plätze zu laufen. Manch einer würde sich verkleidet vorkommen, wenn er in Knickerbockerhosen in schottischem Karo, einem Pikee-Hemd mit hochgestelltem Kragen sowie im klassischen Rautenpullover seine Runden drehte. Ich konnte mir nicht vorstellen, dass die normalen Golfspieler im einundzwanzigsten Jahrhundert in diesem Outfit ihrem Sport frönen würden. Aber man kann ja nie wissen.

Diese Sportart ist uralt und sie lebt von Traditionen. Die Basis des Golfsports liegt im 18. Jahrhundert. In der Zeit wurden in Schottland die ersten Clubs gegründet. Aus gesellschaftspolitischer Sicht war klar, dass den Frauen, die ohnehin kaum Rechte hatten, der Zutritt zu den Golfclubs dieser damaligen klassischen Männerdomäne verwehrt wurde. Diese Tradition wird heute noch in einigen schottischen Golfclubs gepflegt. Ich finde es fragwürdig, von Traditionspflege zu sprechen. Für mich ist es Diskriminierung, nichts anderes. Golf-Clubpräsidenten, die in Schottland Frauen verweigern, ihren Platz zu bespielen und in das Clubhaus einzukehren, weisen am Eingang mit einem Schild darauf hin. Der berühmt-berüchtigte Spruch: No Dogs, no Women, hat nicht an Aktualität verloren.

Ich weiß nicht, was demütigender ist, die Tatsache an sich, dass man keine Frauen dort sehen möchte oder die Reihenfolge des Verbots.

Einen bunten Papierstadtplan von St. Andrews in der Hand hielt ich Ausschau nach den Golfanlagen. Ich entdeckte sie ein Stück außerhalb des Ortes, direkt am Meer. Es waren Links Courses. Der Maßstab dieser Orientierungshilfe suggerierte mir, dass ich die Exkursion, in der mir zur Verfügung stehenden Zeit, spielend schaffen würde.

Unser Bus stand in unmittelbarer Nähe der St. Andrews Cathedral. Geplant war, dieses historische Trümmerfeld, eingebettet in saftig grüne Wiesen, zuerst zu besichtigen. Im Anschluss daran, wenn meine Mitreisenden sich dem touristisch kommerziellen Treiben und dem Ergattern von ausgefallenen Souvenirs widmeten und die Pubs stürmten, würde ich an der Küste entlanggehen und auf dem heiligen Rasen »The Spirit of Golf« verinnerlichen.

In den Stadtplan vertieft, meldete sich Bea, meine Schattenbegleiterin, mal wieder zu Wort.

»Was hast du vor? Zuerst die Kathedrale und dann den Golfplatz? Oder gehst du gleich zu den Golfanlagen, damit du sie am Ende aus Zeitgründen nicht verpasst. Ruinen hast du wahrlich genug besichtigt. Oder?«

»Na ja, beides ist für mich von Interesse«, sagte ich. »Die eine Sehenswürdigkeit ist für mich christlich geschichtlich von Bedeutung, die andere aus sportlich historischer Sicht. Aber ich werde, wie meine Mitreisenden, zuerst das Areal der St. Andrews Cathedral besichtigen«, sagte ich.

»Du weißt ja, meine Liebe, Golf begeistert mich nur bedingt. Ich bleibe hier auf dem Gräberfeld in Nähe von Mr Buffalo. Für mich hat dieser Ort eine kriminell historische Bedeutung.« Ich sah Bea erstaunt an.

»In Schottland sind viele Orte mit Mord und Totschlag in Verbindung zu bringen. Sie sind aber meistens kriegerischer Natur.«

»Lass mal das historische Gemetzel außen vor. Erinnerst du dich nicht an deinen Lieblingskrimi? Ich habe ihn auch gelesen. Er hat mich ebenso begeistert wie dich.«

Echo einer Winternacht, schoss es mir durch den Kopf. Ein Krimi von der schottischen Autorin Val McDermid. Für den schottlandbegeisterten Krimileser ein unbedingtes Muss. Der Schauplatz, die schottische Universitätsstadt St. Andrews, speziell der alte keltische Friedhof, auf dem ich mich gerade befand, stand im Fokus der Krimigeschichte.

»Kommt uns dieses Trachtenpärchen erneut in die Quere, dann sind sie heute fällig. Aber, lass uns erst auf den dreiunddreißig Meter hohen Aussichtsturm der St. Rules Church gehen. Es besteht die Möglichkeit, von dort oben den Krimi Tatort zu schauen«, fuhr Bea fort.

Die St. Andrews Cathedral war im gotischen Stil erbaut. Durch das imposante Eingangsportal, angebunden an verfallene Mauerteile, betrat ich das Areal. Vor mir reckte sich ein riesiger Turm in die Höhe. Mit Mr Buffalo an meiner Seite schlängelte ich mich durch die Grabsteinreihen und ging auf den Turm zu. Mein Begleiter beabsichtigte, zuerst das geschichtsträchtige Gelände, das Meer und den schroffen Küstenabschnitt von oben zu betrachten. Während ich überlegte, es ihm gleichzutun, entdeckte ich, dass der Aufzug defekt war. Es gefiel mir nicht, mich durch ein enges Treppenhaus über viele hundert Stufen nach oben zu schlängeln. Zudem würde ich immer wieder die Luft anhalten und mich an die Wandrundung des Turms lehnen müssen, um Besuchern, die von oben kamen, der Vortritt zu gewähren. Platzangst und Höhenangst gingen mit mir Hand in Hand. Gefangen von dieser Furcht würde ich die bombastische Aussicht gar nicht genießen können.

Ich setzte mich auf eine Bank und betrachtete meine Umgebung. Wie hatte die riesige St. Andrews Cathedral, von der nur Ruinen vorhanden waren, aus dieser Perspektive einst ausgesehen? Die Kennzeichnung der Grundmauern auf dem Infoflyer bot mir keine große Hilfe, um mir die Kirche vorzustellen.

Der Turm der St. Rules Church, der vermutlich um 1070 erbaut wurde, stand auf dem Friedhofsgelände der Kathedrale. Er war so überragend hoch, weil er aus weiter Ferne den Pilgern einer längst vergangenen Epoche den Weg weisen sollte. Dieser Ort war im späten Mittelalter das spirituelle Zentrum Schottlands, das Pilger aus ganz Europa aufsuchten. Im Laufe der Jahrhunderte war bei ständig steigenden Pilgerzahlen die Kirche zu klein geworden. Der Bau der St. Andrews Cathedral begann. Die Pilger des 8.

Jahrhunderts machten sich wegen wenigen Fingerknochen und einem Armknochen eines Heiligen auf eine beschwerliche Reise hierher. Der heilige Andreas wurde zum Nationalheiligen des Landes. Das Andreaskreuz ziert heute noch die Flagge Schottlands.

Eine Geschichte fiel mir ein, die ich in einer Dokumentation gehört hatte. Sie handelte von der schottischen Flagge. Auslöser für diese Sage war wieder eine kriegerische Auseinandersetzung. Óegenus III plante eine Schlacht gegen die heidnischen Sachsen und Angeln. Am Vorabend des Gemetzels träumte er vom heiligen Andreas. Dieser versprach ihm den Sieg. Der Kriegsherr sah es als ein gutes Vorzeichen für eine erfolgreiche Schlacht an.

Am nächsten Tag starrte er in den Morgenhimmel. Das weiße Kreuz aus Wolken vor blauem Grund beeindruckte ihn. Die weißen Wolkenlinien kreuzten sich nicht im rechten Winkel, sondern wie die Diagonalen eines Rechtecks. Damit war das Motiv der Nationalflagge Schottlands geboren, das Andreaskreuz. Sie zählt zu der ältesten der Welt.

Meine Vorstellungskraft reichte nicht aus, die Kirche von einst vor meinem inneren Auge zu sehen. Aber die schottische Geschichte hielt mich trotzdem gefangen. Dann entdeckte ich Mr Buffalo. Ich erkannte ihn sofort an seinem Lederhut mit der breiten Krempe. Er stand oben auf dem Turm und winkte mir zu. Ich erhob mich und schritt über den weichen Rasen an den alten bemoosten und verwitterten Grabsteinen entlang. Ein seltsames Gefühl ergriff mich, weil mir bewusstwurde, dass unter mir die Toten ruhten. Ich trat zaghaft auf. Meine Gedanken schweiften ab. Ich dachte an das fiktive Mordopfer aus dem Schottlandkrimi.

Der Leichnam der jungen Frau wurde hier, auf dem keltischen Gräberfeld, gefunden.

Mr Buffalo trat aus dem Turm wieder heraus ins Freie und kam auf mich zu. Gleichzeitig nahm das Trachtenpärchen Kurs auf mich. Ich drehte ab, wendete mich nach rechts. Ihm war sofort klar, warum ich die Richtung wechselte, und er folgte mir. Vor einem großen Grabstein blieben wir beide stehen. Hier vereinten sich für mich der christliche und der sportliche Teil der Geschichte, der mich mit St. Andrews verband.

Wir starrten auf einen Grabstein aus weißem Marmor. Eingemeißelt war folgende Information: In Memory of Tommy, son of Thomas Morris, who died 27. December 1875 aged 24 years. Vor dem großen Stein positionierte sich ein Golfspieler aus Granit mit einem Schläger in Ansprechposition zum Golfball in den Händen. Diese Figur symbolisierte das Spiel. Golfer der Jetztzeit hatten Bälle ihrer Clubs dort zu Ehren abgelegt.

Nach verlässlichen Überlieferungen gelten Vater und Sohn Thomas Morris als die Pioniere des Golfsports. Der Sohn war in jungen Jahren der beste Spieler des 19. Jahrhunderts.

Mr Buffalo hatte sein Erinnerungsfoto geschossen und sich wieder entfernt. Ich blieb eine Weile stehen, bis ich bemerkte, dass ich nicht allein dort verharrte. Zwei Damen aus meiner Reisegruppe standen etwas abseits neben mir. Bisher waren sie mir nie aufgefallen. Eine der Frauen trug ein Pikeehemd mit dem obligatorischen hochgestellten Kragen. Eine Golferin, zweifelsfrei, dachte ich. Die auf ihrer Kleidung fixierten Markennamen verband ich ebenfalls mit dem Golfsport.

»Gehe ich recht in der Annahme, dass Sie eine Golfspielerin sind?«, fragte ich von einem solidarischen Funken getragen.

Sie nickte. Anschließend taxierte sie mich von Kopf bis Fuß und zog kritisch ihre Augenbrauen hoch. Ein leicht abwertender Blick traf mich.

»Ich nicht, Golf ist nicht meine Welt«, sagte ihre Begleiterin.

»Wollen Sie sich die Golfanlagen ansehen?«, fragte ich.

»Ja, selbstverständlich«, antwortete sie im Brustton der Überzeugung. »Das ist doch der Hauptgrund, warum ich hierher gefahren bin.«

In meiner naiven Vorstellung von sportlicher Verbundenheit fragte ich, ob wir nicht gemeinsam den Exkurs machen sollten.

Die Frage hatte meinen Mund noch nicht komplett verlassen, da ärgerte ich mich bereits, diese ausgesprochen zu haben. Die Dame trat einen Schritt zurück und nahm eine eindeutig ablehnende Haltung ein. Ihre Mimik signalisierte mir, dass ich niemals zu den Auserwählten gehören würde, mit denen sie, die Golfspielerin eines noblen Münchener Clubs, den heiligen Rasen von St. Andrews betreten würde. Ich trug Wanderschuhe, Jeans, einen lockeren Pulli, ohne das Emblem meines Heimatclubs und vor allem kein Pikeehemd mit aufgestelltem Kragen. Aber ich war nicht nach St. Andrews gekommen, um hier ein Turnier zu spielen. Also musste ich mich auch nicht der Golf-Etikette entsprechend kleiden.

Solche Damen wie dieses Exemplar kannte ich zu genüge. Es gab sie ebenfalls zuhause auf dem Rasen, auf dem ich bevorzugt den Golfball abschlug. Sie zählte zu den Schicki-micki-Menschen, für die Golf kein Sport war, sondern ein gesellschaftliches Muss. Vielleicht hätte ich mich mit meinem Handicap vorstellen sollen, ging es mir durch den Kopf. Ob sie das beeindruckt hätte? Sie sah auf jeden Fall aus, als würde sie keinen Golfball auf eine perfekte Reise schicken können.

Ohne ein Wort wendete sich die Golfdame ab. Ihre Reisebegleiterin folgte ihr zögerlich. Ihr säuerliches Lächeln machte das Benehmen ihrer Freundin nicht wett.

»Schönes Spiel«, rief ich ihr hinterher. Das ist der Gruß des grünen Sports, den sich alle Spieler geben. Auch jene werden damit bedacht, mit denen man konkurriert oder die man nicht ausstehen kann. Es ist Teil der Golf-Etikette. Aber von der schien diese Zicke weit entfernt zu sein.

»Hallo, Theresa, was war das denn für ein Auftritt?«, warf Bea die rhetorische Frage in den Raum. »Ich glaube, ich hefte mich mal an ihre Fersen. Diese Dame hat eine kleine Lektion verdient.«

Tief beeindruckt von den Relikten der monumentalen Ruinen der St. Andrews Cathedral und noch mehr fasziniert von den Golfanlagen St. Andrews, erreichte ich die Stelle, an der unser Reisebus wartete. Mr Buffalo hatte sich während meiner Golf-Exkursion alleine den Ort angesehen. In Begleitung von Sabine und Jürgen näherte er sich langsam der wartenden Menge. Ich hielt erfolglos Ausschau nach der bayrischen Golfspielerin und ihrer Freundin. An den Handgelenken der meisten Reisenden meiner Gruppe baumelten Tüten mit den Aufschriften ortsansässiger Geschäfte. Sie hatten hier ihren Souvenirbedarf gedeckt. Ich stieg wieder in den Bus ein und nahm neben Mr Buffalo Platz. Es war mir bewusst, dass die Bilder der Kathedrale nur rudimentär in meinen Gehirnwindungen haften bleiben würden. Aber das Gefühl, über den Rasen dieses ehrwürdigen Golfplatzes gegangen zu sein, in Verbindung mit einer gigantischen Aussicht auf das Meer und das alles bei Sonnenschein, würde nachhaltiger in meiner Erinnerung verankert sein. Das war mein Souvenir.

Mörderischer, letzter Tag in Schottland

Unser Ziel, und damit der letzte Aufenthalt auf dieser Reise, war Crossford, westlich von Dunfermline, eine Stadt circa fünfundzwanzig Minuten von Edinburgh entfernt und damit in erreichbarer Nähe zum Flughafen.

Niemand von uns hatte erwartet, dass der Busfahrer eine Überraschung für uns bereithielt. Möglich, dass es ein kleines Dankeschön für das üppige Trinkgeld war, das wir gesammelt hatten. Er hatte seinen Job perfekt gemacht, wenn auch der eine oder andere sich mit Kritik nicht zurückhielt.

Kurz vor Edinburgh fuhr John von der Autobahn ab. Er lenkte den Reisebus auf eine Anhöhe, von der wir eine fantastische Aussicht auf den River Forth hatten, der hier groß und breit in die Nordsee mündet. Gleich drei Brücken überqueren an dieser Stelle den Firth of Forth, den fjordähnlichen Mündungstrichter. Alle drei Brücken sahen wir von dieser perfekten Aussichtsplattform gleichzeitig vor uns liegen. Eine davon würden wir später passieren müssen, dachte ich. Mr Buffalo erzählte mir, dass wir die Schrägseilbrücke bereits einmal Richtung Süden überfahren hatten, um diesen Aussichtspunkt zu erreichen. Ich hatte währenddessen ein Nickerchen gemacht und diese erste Brückenpassage nicht mitbekommen. Er hatte mich nicht geweckt, wofür ich ihm dankbar war. Die Aussicht aus dieser exponierten Position, die ich im Reisebus innegehabt hatte, ließ mich noch nachträglich erschaudern. Als ich die riesige

Brückenkonstruktion jetzt von außen sah, war ich froh, dass ich geschlafen hatte.

John kannte diese Region wie seine Westentasche und ihm war bekannt, dass von der Südseite des Firth of Forth sich die drei Brücken am imposantesten präsentierten.

Die Forth Bridge ist die auffälligste und interessanteste dieser Bauwerke. Es ist eine zweigleisige Eisenbahnbrücke. Sie zählt zum Weltkulturerbe. Bei ihrer Eröffnung 1890 hatte sie die weltweit größte Spannweite. Ihre rotgestrichene Stahlkonstruktion leuchtete in der Sonne.

Eine weitere Brückenkonstruktion, die diese riesige Wasserfläche überspannt, heißt Queens Ferry Crossing Bridge. Sie ist die Autobahnbrücke, über die die M 90 führt. Diese Brücke wurde 2017 fertiggestellt. Sie verfügt über zwei Fahrstreifen und je einen Standstreifen auf beiden Seiten. Das Besondere daran ist, dass sie bei Windgeschwindigkeiten bis zu 160 Stundenkilometern befahrbar bleibt.

Die dritte Brücke, die Forth Road Bridge, war eine Straßenbrücke aus dem Jahr 1964. Darüber führte die Nationalstraße A 900. Sie verfügte über einen Fuß- und Radweg. Ich stellte mir bei dieser Information vor, ich würde mitten auf der Brücke auf dem Gehweg stehen und in die Tiefe schauen und nichts als Wasser würde mich umgeben. Ich bemerkte, dass ich meinen Griff um das Geländer vor mir, an dem ich mich gerade festhielt, verstärkte. Jeder Muskel meines Körpers zog sich krampfartig zusammen. Mein Magen meldete sich mit einem unangenehmen Grummeln. Die Höhenangst ergriff mich gerade, obwohl ich in Sicherheit auf dem Festland stand. Alle drei Brücken posierten in Eintracht nebeneinander.

Nina hatte uns vorher im Bus von dem schrecklichen Unfall erzählt, der sich auf der Firth-of-Tay-Bridge kurz vor Baubeginn der Forth Bridge ereignet hatte. Diese hatte kaum achtzehn Meter flussaufwärts von dem neuen Brückenbauprojekt entfernt unter der Last des Zuges nachgegeben und 75 Menschen mit in den Tod gerissen. Sie hatte die Geschichte spannungsgeladen vorgetragen und mir graute davor, eine der Brücken über den Forth später noch einmal passieren zu müssen. Die Erzählung hatte mein Vertrauen in die schottische Brückenbaukunst nicht gestärkt.

Die Firth-of-Tay-Bridge war eine drei Kilometer lange Eisenbahnbrücke. Sie war nur einspurig zu befahren. Der Lokführer durfte seinen Zug nur auf die Brücke führen, wenn er im Besitz des Tokens war. Hatte sein Zug die Brücke am anderen Ende erreicht, gab er diesen Stab, den Token, den es nur einmal gab, wieder ab. So wollte man garantieren, dass sich nur ein Zug auf der Brücke befand.

Der Schnellzug aus Edinburgh befuhr am 28. Dezember 1879 um 19:14 Uhr diese Brücke mit dem Ziel Dundee. Er führte 6 Personenwagen. An der Blockstelle südlich der Brücke nahm der Lokführer den Stab entgegen. Der Blockwärter telegrafierte seinem Kollegen auf der Nordseite die pünktliche Zugdurchfahrt.

An diesem Abend herrschten ein heftiger Orkan und ein schweres Gewitter. Die Windstärke auf der Beaufort-Skala wurde auf 10 bis 12 geschätzt. Als der Schnellzug in absoluter Dunkelheit den Mittelteil der Firth-of-Tay-Bridge erreicht hatte, gab diese unter dem Gewicht des Zuges und der Windlast nach. Später wurde zudem festgestellt, dass die Konstruktion mangelhaft war und zu diesem schrecklichen Unglück mit beigetragen hatte. Der Blockwart auf der

Nordseite des Flusses beobachtete, wie sich die beleuchteten Waggons von der Bücke lösten und in das schwarze Nichts stürzten.

Zitat aus der Presse: »Es war ein kometenhafter Ausbruch wilder Funken, von der Lokomotive in die Dunkelheit geschleudert. In einer langen Spur war ein Feuerstrahl zu sehen, bis zu seinem Erlöschen in der stürmischen See.«

Schweigsam, völlig in den katastrophalen Gefühlen gefangen, fuhren wir mit dem Bus über die Schrägseilbrücke wieder auf die Nordseite des Firth of Forth zurück.

Mr Buffalo wollte mir den Fensterplatz überlassen, aber ich lehnte ab. Ich setzte mich neben ihn auf den Gangplatz und schloss die Augen. Die Bilder des Zugunglücks bauten sich in meiner Fantasie auf. Wenn ich einen Blick wagte, war ich komplett von Wasser umgeben. Bei Schiffen hatte ich Vertrauen, aber bei dieser Brücke drehte sich alles in meinem Kopf. Erst als wir das Südufer erreicht hatten, löste sich meine innere Anspannung wieder.

Ich war einige Zeit damit beschäftigt, meiner Angst zu entkommen, dass ich das Gemecker des Trachtenpärchens nicht mitbekam. Mr Buffalo erzählte mir später davon. Sie planten, beim Reiseveranstalter eine Beschwerde einzureichen, wenn im letzten Hotel nicht, wie gewünscht, endlich zwei Einzelbetten auf sie warteten.

Das Hotel war in einem winzigen Ort gelegen. Viel zu besichtigen gab es dort nicht. Ein gepflegter ansprechender kleiner Wohnort mit einem Golfplatz, einem Park, umgeben von Landwirtschaft.

Mir stand an diesem frühen Abend nicht mehr der Sinn nach weiteren Erkundungsrunden. Ich war froh, in meinem

Zimmer zu sein, in dem ein gemütliches Bett auf mich wartete. Der Tag war nicht anstrengender gewesen als die anderen zuvor, aber diese Brückengeschichte spukte noch in meinem Kopf herum.

Wie verabredet traf ich mich später mit Mr Buffalo, Sabine, Jürgen und den beiden blonden Damen an der Bar. Ich war etwas zu früh. Möglich, dass die anderen zu spät waren. Ich wusste es nicht. So saß ich einige Zeit allein dort unweit der Rezeption und bekam unfreiwillig die elende Diskussion um die falschen Betten mit.

Dieses Trachtenpärchen war penetrant und unverschämt. Ich bewunderte den Hotelmanager um seine Ruhe. Es gab in Great Britain kaum Doppelzimmer mit getrenntstehenden Betten. Die Argumentationen hatte ich mehrfach mitbekommen. Was konnte der Mitarbeiter des Hotels dafür, dass die Dame die Nähe zu ihrem Mann nicht ertrug. Zuhause schliefen sie in getrennten Zimmern. Hätten sie hier auch haben können, in jedem unserer Hotels. Aber dann bucht man vorher zwei Zimmer und muss den zusätzlichen Raum selbstverständlich bezahlen. Ich versuchte, meine Ohren auf Durchzug zu stellen, aber es gelang mir nicht. Mein Guinness in der Hand drehte ich mich weg und schaute aus dem Fenster. Die Unverschämtheiten hörte ich auch ohne Blickkontakt.

Bea setzte sich zu mir auf das Ledersofa in der Lobby. »Ich wollte dich nur auf den neusten Stand bringen«, sagte sie. »Die golfspielende Münchenerin sind wir los, ohne mein Eingreifen. Das Problem hat sich von alleine gelöst. Auf dem Fußweg zur Golfanlage haben sich die beiden Damen gestritten. Sei froh, dass du dich ihnen nicht angeschlossen hast. Die Dame ohne Stehkragen hatte gar keine Lust auf die

Besichtigung des Golfplatzes. Sie wollte lieber im Ortskern verweilen. Sie sehnte sich nach Shoppen und Entspannen, weil das ihrer Meinung nach auf dieser Schottlandreise viel zu kurz gekommen sei. Die Auseinandersetzung war heftig. Ich hatte den Eindruck, dass die beiden eher eine Zweckgemeinschaft waren als Freundinnen. Auf dem Höhepunkt ihrer Streiterei haben sie sich getrennt. Ich bin weiter bei Misses Golf geblieben. Sie stakste wenig später hocherhobenen Hauptes in das St. Andrew Linksclubhouse Tom Morris hinein. Vorher hat sie sich aber noch ihre Haare gerichtet, den Stehkragen in Form gezupft und den Lippenstift neu aufgelegt. Von dem kleinen Zweiertisch, an dem sie Platz fand, hatte sie ohne Zweifel einen perfekten Blick auf das Golfgeschehen draußen.

Auffällig schaute sie sich um, nickte dem einen oder anderen Golfspieler freundlich zu. Sie bestellte sich ein schnödes Mineralwasser zu einem exorbitanten Preis, wie mir die Getränkekarte verriet. Ein männlicher Golfer nahm Kurs auf den Tisch meines Beobachtungsobjektes. Silbergraue, gewellte Haare, braun gebrannte, faltige Haut, gekleidet mit einer karierten Hose und einem dunkelblauen Blazer, reichte der Herr der golfspielenden Münchenerin ein Glas Sekt. Ich vermute, es war Champagner. Das golddurchwirkte Logo eines noblen Golfclubs prangte auf seiner Brusttasche und die goldenen Köpfe seines dunkelblauen Blazers baumelten albern auf seinem Bauch. Seine Haltung spiegelte den perfekten Gentleman. Ich hab mir dieses Geflirte eine Zeit lang angesehen. Dann bin ich der Freundin hinterher, die mit Riesenschritten auf den Ort zulief. Kurz bevor sie die Hauptstraße erreicht hatte, blieb sie stehen. Sie blickte auf ihr Handy. Eine WhatsApp war eingegangen. Ich sah ihr unbemerkt über die Schulter.«

»Warte nicht auf mich, meine liebe Claudia. Ich habe eine Einladung erhalten, die ich nicht ausschlagen kann. Sag doch bitte Nina, dass ich morgen früh direkt zum Flughafen kommen werde. Bist du so lieb und nimmst mein Gepäck mit zum Airport? Du wirst staunen, was mir passiert ist. So etwas erfährt man nur einmal im Leben.«

»Ich fass es nicht! Da hat sie tatsächlich einen Golfspieler aufgegabelt, der ebenso blöd ist wie sie«, sagte ich.

»Gestatte ihr das Abenteuer. Es hat den Vorteil, sie wird dir in den letzten Stunden dieser Reise nicht mehr über den Weg laufen.«

Im Speiseraum des Hotels war ein separater Bereich für unsere Reisegruppe reserviert. Ich sah mich genau um. Von den beiden Münchenerinnen entdeckte ich nur eine unter den Gästen.

Nina hatte sich in die Höhle des Löwen begeben. Sie saß an dem Tisch, an dem sich mit mürrischen Gesichtern das Trachtenpärchen niedergelassen hatte.

Wir bekamen hervorragendes Essen serviert. Nach dem Dessert wurde es merklich leiser. Eine seltsame Stimmung legte sich über unsere Reisegruppe. Ich befürchtete, es sei so eine Art Abreisemelancholie.

Selbst von Ninas Tisch kamen keine lauten Worte mehr. Ich entdeckte einen weißen Briefumschlag in der Hand der Trachtendame. Ob das Meckerpärchen sein Beschwerdeschreiben an das Unternehmen Nina vertrauensvoll, mit der Bitte um Weiterleitung, überreichte? Ihnen traute ich so eine Unverschämtheit zu. Ich an Ninas Stelle würde das Schreiben in ihrem Beisein zerreißen und wegwerfen.

Die meisten Gäste traten ein letztes Mal an die Bar. Die unterschiedlichsten Zapfhähne wurden aktiviert. Sabine erhob sich. »Ich muss noch Koffer packen, zudem bin ich todmüde. Wir sehen uns beim Frühstück«, sagte sie und verschwand. Nina ging zur Rezeption. Frau Trachtenpärchen strebte auf die Treppe zu, die von der

Lobby aus in die erste Etage führte. Ich stellte mein Bierglas ab und sah erneut Richtung Lobby. Nina war gefallen und lag auf dem Teppichboden parallel zur Rezeption. An der Treppe sah ich den bestickten Trachtenjanker, in der ersten Treppenbiegung verschwinden. Ob diese Dame mal wieder geschubst hatte? War die Reiseleiterin erneut das Opfer ihrer kleinen Nickeligkeiten? Es war naheliegend.

Mr Buffalo kam auf mich zu. Er überreichte mir ein Cider. »Lassen Sie uns ein letztes Mal auf unsere Schottlandreise anstoßen«, sagte er.

»Schottland hat mir super gefallen. Ich komme wieder.«

»Ich bin gerne wieder dabei«, antwortete ich.

Wir plauderten noch eine Weile, bis ich mich entschloss, ins Bett zu gehen. Der Abreisetag würde sicher anstrengend werden. Ich brachte mein leeres Glas an die Bar zurück und passierte die Rezeption.

»Do you have sleeping pills?«, fragte eine Frauenstimme. Ich drehte mich um. Neben mir stand die Trachtendame in Pantoffeln und Schlafanzug, den Trachtenjanker locker statt eines Bademantels um die Schultern gelegt.

Der Rezeptionist schüttelte den Kopf. Dann sah sie mich eindringlich an. »Uns Sie? Haben Sie Schlaftabletten dabei?«, fragte sie mich. »Mein Mann nervt mich. Er hat etwas zu tief ins Glas geschaut. Ich brauche unbedingt eine Schlaftablette. In angetrunkenem Zustand schnarcht er fürchterlich.«

Ich hatte ein Nein schon auf den Lippen, als ich etwas in meiner Hand spürte.

»Gib ihr das hier. Es passt schon«, flüsterte mir Bea ins Ohr.

»Oh, da haben Sie aber Glück. Ich habe meine kleine Reiseapotheke in der Handtasche.«

Ich täuschte eine Suche in den Tiefen der Schultertasche vor und überreichte der seltsam gekleideten Frau das Döschen mit den Tabletten, die Bea mir heimlich in die Hand gedrückt hatte.

Ende der zwielichtigen Abenteuer

Die Abreisemelancholie hatte beim Frühstück alle erreicht. Schweigsam wurden Kontaktadressen ausgetauscht, eine Tasse Kaffee nach der anderen getrunken und Toastscheiben in den Röstautomaten gesteckt. Nur Mr Buffalo genoss das reichhaltige Frühstücksangebot. Jürgen hatte nachts Schüttelfrost erlitten. Sabine klagte über Kopfschmerzen. Das Trachtenpärchen war nirgends zu sehen und die Münchener Freundin hatte sich an einen kleinen Tisch in die hinterste Ecke verzogen. So nach und nach füllte sich die Lobby mit Koffern und der Frühstücksraum mit Abreisenden.

Einige beklagten sich über das frühe Aufstehenmüssen und wie mir schien, ließ ein Teil der Reisegruppe das Frühstück ausfallen. Ich trat an die Rezeption, gab meine Zimmerkarte ab und verabschiedete mich. In der Jackentasche fand ich ein paar zerknüllte Papiertaschentücher und einige Konfektverpackungen. Bevor ich diese in den Mülleimer neben der Rezeption warf, entdeckte ich einen weißen Briefumschlag, auf dem in großen Buchstaben NINA stand. Jetzt wurde er begraben unter meinem Abfall.

»Guten Morgen, meine Liebste«, begrüßte mich Bea, als ich meinen Koffer im Bus verstaut hatte und auf den Transfer zum Flughafen wartete.

»Was waren das für Tabletten, die du mir gestern Abend zugesteckt hast«, fragte ich.

»Ach, das möchtest du nicht wirklich wissen, oder?«

»Du hast recht. Es ist mir egal. Sollen sie doch die Abreise verschlafen. Wenn der Flieger weg ist, der sie in die Heimat zurückbringt, dann haben sie ein Problem, das weitaus unangenehmer ist, als keine zwei freistehenden Einzelbetten vorgefunden zu haben.«

»Hast du schon mal was von einer kalten Abreise gehört?«, fragte Bea.

»Nein, was ist das? Klär mich auf.«

Bea kicherte. »Eine kalte Abreise ist die ironische bis sarkastische Umschreibung für das ungewöhnliche Verlassen eines Gastes, der in einem Hotel verstirbt. In unserem Fall ist nicht klar, wer von dieser Art des Auscheckens Gebrauch macht. Beide dieses Trachtenduos haben sich an meinen Pillen bedient. Aber ich weiß nicht, wer was und in welcher Menge geschluckt hat. Wie du weißt, in der Dosis liegt das Gift. Möchtest du, dass ich nachschaue?«, fragte Bea.

»Lass gut sein. Jeder ist selbst verantwortlich dafür, was er in den Mund steckt. Würdest du unverpackte Tabletten einnehmen, die dir eine Fremde aushändigt? Ich nicht. Mag ja sein, dass es für beide nur eine lauwarme Abreise im Sinne von verschlafen wird.«

»Ich hatte mir vorgestellt, die beiden in St. Andrews von den Klippen zu stürzen, ähnlich einer Szene wie in dem Krimi: Echo einer Winternacht. Ich war kurz davor, den entscheidenden Schubs auszulösen. Aber eine fotowütige japanische Reisegruppe von jungen Studierenden auf Europatrip hat mich davon abgehalten. Sie standen alle waghalsig mit dem Rücken zum Abgrund und machten ein Selfie nach dem anderen. Ich zog mich auf die Seite der Beobachter zurück, wartete ab, ob die beiden Schubser nicht einen japanischen Touristen ins kalte Meer stoßen würden. Aber sie trauten sich nicht. An diesem Aussichtspunkt wurde zu viel fotografiert, was eine stattliche Anzahl von Zeugen bedeutet hätte«, erzählte mir Bea.

Ein letztes Mal reihte ich mich links ein und folgte der Gruppe, die auf das Flughafengebäude zustrebte. Es war für mich an der Zeit, mich von meinem Reisebegleiter Mr Buffalo zu verabschieden. Er stellte sich an dem Flugschalter mit dem Ziel seines Heimatflughafens an. Ich gesellte mich zu den nordrhein-westfälischen Gästen mit dem Zielflughafen Düsseldorf.

Wir waren sehr früh am Flughafen angekommen. Nur wenige Abreisende strebten den Schaltern der Fluggesellschaften zu. Das Schlangestehen hielt sich in Grenzen. Ein Blick zurück zum Eingang zeigte kurze Zeit später, dass die Halle immer voller wurde. Ein Reisebus nach dem anderen fuhr vor. Draußen vor den Glasscheiben, wo sich die Raucher ihre letzte Zigarette vor dem Flug genehmigen, stand ein Paar in inniger Umarmung und verabschiedete sich. Genau konnte ich es nicht feststellen, aber der Beschreibung nach war es der stattliche Golfspieler mit seiner Eroberung aus meiner Reisegruppe. War das doch kein schnelles Abenteuer, kein flüchtiger Flirt? Hatte diese bornierte Frau in St. Andrews den Partner fürs Leben gefunden?

Beim Sicherheitscheck sahen wir uns alle noch einmal wieder. Erst danach steuerten die Reisenden ihre speziellen Abfluggates an.

Eine Mitarbeiterin des Security Personals forderte mich auf, näher zu treten. Sie wies mir den Weg. Ich legte meinen Pass, das Handy und meine Jacke in eine graue Box, löste die Uhr vom Handgelenk, kramte die Powerbank aus dem Rucksack. Die Box mit meinen Habseligkeiten rollte in einen dunklen Tunnel hinein. Ich schaute ihr hinterher, wartete, aufgefordert zu werden, den Körperkontrollpoint zu passieren.

»Please take off your shoes«, hörte ich mehrmals und immer eindringlicher werdend und sah zur Seite. War ich gemeint? Ich sah eine alte Bekannte ein Rollband weiter rechts von mir. Sie wuselte mit ihren Armen in der Luft herum, meckerte und kreischte. Von beleidigenden Flüchen begleitet, faselte sie etwas von einer bodenlosen Unverschämtheit. Sie schimpfte, dass alle Schotten es auf sie abgesehen hätten. »Kann mir mal einer sagen, was der von mir will?«

Ein wartender Reisender, der gerade seine Box vom Rollband hob, übersetzte: »Die Dame vom Sicherheitsdienst hat Sie freundlich gebeten, Ihre Schuhe auszuziehen. Mehr nicht.« Dann erkannte ich durch die Menschenmenge hindurch ihre Schnürschuhe, die sie kurze Zeit später in die Höhe hielt. Sie überreichte diese wütend dem Sicherheitspersonal. Es waren die mir bekannten extravaganten Teenieboots.

Wer weiß, was Bea ihr in den Cider gekippt hatte. Tödlich war die Dosis auf jeden Fall nicht gewesen, ging mir durch den Kopf. Ich konzentrierte mich wieder auf meine Plastikschale, die nach eingehender Kontrolle durch das Personal über das Rollband ratterte. Ich verstaute die abgelegten Sachen und legte meine Armbanduhr wieder an.

Für die restliche Zeit bis zum Einchecken suchte ich den Wartebereich auf, der für die Reisenden des Fluges nach Düsseldorf vorgesehen war. Zum Glück ergatterte ich einen Sitzplatz.

»Hier ist ja alles besetzt. Da wirst du aber lange im Stehen ausharren müssen«, hörte ich. Die Stimme passte zu Frau Teenieboot. Sie saß wie eine Prinzessin in einem Flughafen-Rollstuhl. Ihr Mann schob sie durch den Airport. Bea hatte diese schreckliche Person sicher nur betäubt, was zu einem Sturz auf der Straße geführt haben musste. Das medizinische Notfallpersonal in Aberdeen hatte sie wieder reisefähig entlassen. Oder hatte das Schubserpärchen seine Finger im Spiel gehabt?

»Schieb mich von hier weg! Das ist nicht unser Gate. Hast du Tomaten auf den Augen?«, hörte ich.

»Halt endlich deinen Mund, sonst lass ich dich hier stehen«, antwortete ihr unscheinbarer Mann. Oh, Widerworte gegen seine Frau! Ich drehte mich weg, wollte keine weiteren Berührungen mehr mit diesen ehemaligen Mitreisenden.

Die Lautstärke in dieser Halle war enorm und zugig war es auch. Ich kuschelte mich in meine Jacke und schloss die Augen. Wie kann man in solch einer Geräuschkulisse nur schlafen, fragte ich mich. Vorsichtig drehte ich mich um. Ich wollte sehen, wer da hinter mir so unverschämt laut schnarchte. Ich schaute in die Gesichter eines Paares, das mit geschlossenen Augen in eine Traumwelt abgetaucht war. Sie hatte ihren Kopf liebevoll gegen das Revers des Jankers ihres Gatten gelehnt. Beide schnarchten um die Wette.

»Bea!«, schrie ich.

Mein Sitznachbar schreckte hoch. Verdattert sah er mich an.

»Kann ich Ihnen helfen?«, fragte er verstört. Er trocknete den verschütteten Kaffee mit einem Papiertaschentuch.

»Nein, nein. Alles gut. Es könnte sein, dass ich gerade zwei Totgeglaubte gesehen habe.«

Ich wollte aufstehen, mir schnell einen anderen Platz suchen, aber mein Sitznachbar kam mir zuvor. Er ergriff spontan die Flucht. Hatte ich ihn mit meiner Vision erschreckt?

»Was ist?«, fragte Bea.

»Siehst du die beiden Schnarchnasen hinter mir?«

»Ja, klar. Sie haben total verschlafen und mussten mit einem Taxi zum Flughafen fahren.«

»Ich verstehe gar nicht, warum sie bei jedem Hotel so ein Theater wegen der Betten gemacht haben. Jetzt kuscheln sie sich aneinander wie ein perfektes Liebespaar. Bin gespannt, ob sie im Flieger weit voneinander entfernt sitzen werden.«

»Ich wusste gar nicht, dass auch sie nach Düsseldorf fliegen«, sagte ich.

»Die Liebe zu Trachtenkleidung macht aus einem Nordrhein-Westfalen keinen Bayern«, flüsterte Bea.

»Hauptsache sie sitzen im Flieger später nicht in meinem Umfeld. Wenn ich eines nicht ertragen kann, dann sind es schnarchende Menschen. Aber ich hätte gerne gewusst, wie viel sie für die Taxifahrt zum Flughafen bezahlt haben«, sagte ich. »Sie reichen die Quittung sicher

später beim Reiseunternehmen ein, um eine Entschädigung zu erhalten«, teilte mir Bea mit.

Kurze Zeit später drang eine Durchsage aus den Lautsprechern, die ankündigte, dass mein Flug mit einer Stunde Verspätung starten würde. In Düsseldorf beherrschte ein schweres Gewitter den Luftraum, der ebenso gesperrt wurde wie der Flughafen selbst. In dieser Zeit passierte dort nichts. Ich stand auf, machte einen kleinen Rundgang. Ich würde später noch lange genug sitzen müssen.

Mein Weg führte mich zum Duty-free-Shop. Langsam schlenderte ich durch die Regalgänge. Mit meinem Rucksack auf dem Rücken musste ich ständig aufpassen, dass ich nichts unbemerkt von den Regalbrettern herunterfegte. Zwei, drei Preisvergleiche signalisierten mir, dass die Parfümsorten, die ich bevorzugte, in Deutschland billiger waren. Der Vorteil war zudem, dass ich mich nicht damit abschleppen musste. Zigaretten kaufte ich schon lange nicht mehr. Alle Mitglieder meiner Familie waren seit Jahrzehnten Nichtraucher. Obwohl die Zigaretten nur stangenweise verkauft wurden und zudem in Zellophan verpackt waren, umgab mich plötzlich der Gestank von Zigarettenrauch. Ich grübelte darüber nach, welchen Scherz sich da mein Kopf mit mir erlaubte. Jetzt roch ich diesen ekeligen Zigarettenqualm bereits, wenn ich die verpackten Stangen nur anstarrte. Die Realität holte mich schnell ein. Ich hatte keine paranormale Wahrnehmung.

»Wünsch Ihnen einen schönen Flug«, krächzte es neben mir. Ich starrte verwundert in die wasserblauen Augen der kleinen Raucherin, die ihren zollfreien Tabakeinkauf bereits erledigt hatte, wie die Plastiktüte an der Hand vermuten ließ. Sie lächelte mich an. »Eine Frage, haben Sie schon Zigaretten gekauft?«

Ich schüttelte den Kopf.

»Könnten Sie dann bitte eine Stange für mich mit in Ihr Handgepäck stecken? Nach dem Zoll übernehme ich sie wieder.« Ich schüttelte abermals mit dem Kopf, weil mir die Worte fehlten. Mein Weg zur Kasse führte mich durch die Spirituosenabteilung. Aber das Ehepaar aus der Whisky-destillerie sah ich nicht. Ich kaufte mir eine exorbitant teure Cola und eine Laugenbrezel und strebte wieder meinem Gate zu.

Ich bahnte mir den Weg durch die Reisenden und plötz-lich kam mir Mr Buffalo noch einmal entgegen. Auch sein Flug hatte Verspätung. Wir verabschiedeten uns ein zweites Mal. Gegenseitig vergewisserten wir uns erneut, dass wir ein gut harmonierendes Reise-Duo gewesen waren. Bevor Mr Buffalo wieder in die Menschenmenge eintauchte, drehte er sich noch einmal zu mir um. Er winkte mir zu.

»Beinahe hätte ich es vergessen«, rief er. »Bitte bestellen Sie Bea schöne Grüße von mir.«

Verdattert sah ich ihm nach. Woher zum Teufel kannte er meine Freundin Bea?

Der Menschenstrom, der durch diese Flughafenpassage drängte, teilte sich. Hinter Mr Buffalo schloss sich die Lücke wieder. Keine Ahnung, wie lange ich ihm konsterniert hin-terherschaute. Ein Rempler schubste mich wieder in die Realität zurück. Das Trachtenpärchen, dachte ich gleich. Aber sie waren nirgends zu sehen. Ein anderes Duo war vor mir stehengeblieben. Der Mann trug einen weißen Kopf-verband. Die Frau an seiner Seite stützte ihn. Das ist doch nicht … Das kann nicht sein … Schnell drehte ich mich um und lief in großen Schritten wieder auf mein Gate zu. Die so malerisch von Bea geschilderte Szene am Strand von Nairn flimmerte vor meinen Augen auf.

Dieser Gang durch das Flughafengebäudes schien für mich eine Art Verabschiedung von meinen Opfern zu sein.

Die Wartezeit auf dem Flughafen zog sich in die Länge. Der Flug wurde erneut verschoben. Mein Kinn erreichte die Brust und ich fiel in einen leichten Schlaf. Eine Durchsage ließ mich aufmerken. Es betraf den unmittelbar bevorstehenden KLM-Flug nach Nürnberg.

»Last call for passengers Monika Geist and Luisa Wanninger, booked on flight 1353 to Nürnberg …«, krächzte aus den Lautsprechern. Sie wurden gebeten, sich unverzüglich zu ihrem Abfluggate zu begeben. Das konnten nur die beiden Fränkinnen sein. Ob sie immer noch im Aufzug festsaßen? Oder hatten sie auf eigene Faust ihren Schottlandurlaub fortgesetzt oder abgebrochen? Das würde ich nie erfahren.

Der Flieger nach Düsseldorf hatte bereits angedockt. Aber nichts passierte. Wir bekamen erst die Starterlaubnis, wenn eine Landung in Düsseldorf garantiert werden konnte. Eine ältere Dame mit einem Rollator stand vor mir. Sie sah mich eindringlich an. Ich erhob mich sofort, bot ihr meinen Platz an, obwohl viele sehr junge Menschen sich auf den Stühlen im Wartebereich fläzten. Langsam schritt ich an den großen Panoramascheiben entlang, die den Wartebereich vom Flugfeld trennten. Die Gepäckverladung begann. Ich erschrak. Ein Sarg wurde in die Maschine nach Düsseldorf

hineingeschoben. Ich dachte an Beas und meine Schandta-
ten auf der Reise zurück. War es möglich, dass eines meiner
Opfer im Frachtraum nach Hause transportiert würde?

Dann endlich, aus den Lautsprechern wurde das Boar-
ding für den Flug nach Düsseldorf angekündigt.

Ich staunte, als ich später meinen Platz im Flieger eingenommen hatte. Meinen Sitznachbarn kannte ich. Der japanische Golfspieler zurrte sich auf dem Sitz neben mir den
Anschnallgurt straff. Wir nickten uns höflich zu.

»Hatten Sie einen schönen Golfurlaub?«, fragte ich später, als wir die Flughöhe erreicht hatten.

Er strahlte mich an. »Perfekt. Diese Golfplätze, ein wahres Erlebnis. Und mein Handicap habe ich verbessern können.«

Er widmete sich sogleich wieder seiner Golfzeitschrift.
Kommunikativ war das nicht. Ich dachte, Japaner sind immer höflich, in jeder Lebenslage. Ich wunderte mich, dass
er mich nicht fragte, wie sich mein Urlaub gestaltet hatte.
Es wurde ein kleiner Snack, als Entschuldigung für die riesige Verspätung serviert. Nachdem der Verpackungsmüll
wieder eingesammelt war, fragte mich mein Sitznachbar,
bevor er sich wieder seinem Golfjournal zuwandte: »Hatten
Sie auch einen schönen Urlaub?«

Ich nickte: »Perfekt. Dieses Schottland, ein wahres Erlebnis. Alles, was mich gestört hat, habe ich eliminiert. Man
darf die negativen Dinge ebenso wie Menschen, die einem
nicht guttun, nicht zu nahe an sich heranlassen. Positiv denken und handeln, wenn es nötig ist. Dann wird jeder Urlaub perfekt.«

Der Japaner sah mich irritiert an.

»Wie meinen Sie das?«, fragte er nach einer längeren Be-
denkzeit. »Können Sie mir Ihr Rezept verraten?«

Ich schüttelte den Kopf und lächelte ihn an. »Das ist nur
etwas für Menschen mit Fantasie.«

*»Du hättest ein Fitzelchen freundlicher zu deinem Sitznachbarn sein
können«, flüsterte Bea mir von hinten durch den Spalt zwischen den
Sitzen zu. »Oder siehst du in ihm ein potentielles Opfer?«*

Ende

Brigitte Vollenberg

1953 in Dorsten geboren, Schülerin der Ursulinen, studierte Betriebswirtschaftslehre an der Ruhr-Universität Bochum. Mehr als dreißig Jahre führte sie mit ihrem Ehemann ein Architekturbüro in Gladbeck. Sozial stark engagiert galt ihre Aufmerksamkeit besonders Kindern und Jugendlichen.

Neben Job und Familie arbeitete sie zwölf Jahre im offenen Ganztag an einer katholischen Grundschule. Sie gibt heute noch Kurse für kreatives Schreiben für Kinder und Jugendliche, aber auch für Erwachsene.

Viele Jahre betreute sie die golfspielende Jugend in ihrem Heimatklub.

Ihre Liebe gehört dem Krimi. Sie ist Mitglied der Mörderischen Schwestern, einem Verein für Krimiliebhaberinnen und Mitglied in Bundesverband junger Autoren.

Bisher erschienene Bücher:

»Wolkenlos chaotisch« - amüsante Urlaubsgeschichten - **»Gladbeck, vor und hinter den Kulissen«**, Anekdoten und Geschichten - **»Die SOKO KI, Ferien, Freunde, Einbrecher«**, ein Kinderkrimi - **»Meistens ist es Mord«**, Krimikurzgeschichten - **»Geschichten, die mir zuflogen«**, Alltagsgeschichten - **»Inselgeplauder Baltrum«**, ein Urlaubsroman

Eine Vielzahl von Kurzgeschichten sind in Anthologien und Literaturzeitschriften im In- und Ausland erschienen.

Danke

Bedanken möchte ich mich bei meinem Krimikollegen und gutem Freund Peter, mit dem ich die Schottlandreise gemeinsam erlebt habe. Danke auch an meinen Autorenkollegen Dirk, der dieses Manuskript leider nicht bis zum Schluss begleiten konnte. Ruhe in Frieden, lieber Dirk.

Lieben Dank an meine Freundinnen, Greta und Claudia, die mich dazu gedrängt haben, die Geschichte in die Welt zu entlassen. Und lieben Dank an meine Testleserin Tanja.

Das großartige Cover verdanke ich meiner Tochter Nora.

Die Soko Ki – Ferien, Freunde, Einbrecher

Brigitte Vollenberg

Book on Demand

ISBN 978-3-7534-5794-9

TB: 230 Seiten. 12,90 Euro
E-Book 4,99 Euro

Emil zieht in ein barrierefreies Haus. Ob er neue Freunde finden wird? Auf der Gartenparty seiner Eltern lernt er Marlene und Faris kennen. Zusammen mit Kathi, einer Freundin aus Grundschultagen, schließen die vier schnell Freundschaft und verbringen gemeinsam eine Ferienwoche. Herr Kalikinsky, Emils schrecklicher neuer Nachbar, tritt in ihren Fokus.

Es passieren merkwürdige Dinge. Zudem machen Einbrecher die Wohngegend unsicher. Die Freunde bilden ein Ermittlerteam und nennen sich die Soko Ki. Ihr Spürsinn ist geweckt und sie wollen die Einbrecher zur Strecke bringen. Ein spannendes Buch für junge Leser ab 8 Jahren, das sich auch aktuellen gesellschaftlichen Problemen stellt.

Meistens ist es Mord

Brigitte Vollenberg und
Britt Glaser

Book on Demand

ISBN 978-3-7543 3184-2

12,00 Euro

TB: 182 Seiten. 12,– Euro
E-Book 3,99 Euro

Beziehungskrimis! Rätselhafte Verbrechen! Kaltblütig verübte Taten! Ausweglose Situationen! Einsame Entscheidungen!

In allen Geschichten verbergen sich Begegnungen aus dem alltäglichen Leben. Schnell führt die Liebe zur Katastrophe, wird aus inniger Zuneigung Mord und ein unbefriedigtes Gerechtigkeitsempfinden führt zu einer Straftat. Was es bedeutet, nicht zuzuhören, ist nahe an der Realität.

Aber auch Zufälle oder Missverständnisse haben oftmals die Hand im Spiel und steuern auf ein mörderisches Ende hin.

Die skurrilen und teilweise makabren Texte sind aus dem Augenwinkel der Unterhaltung geschrieben und bilden hoffentlich nicht die Realität ab. Dennoch werden Sequenzen aufblitzen, in denen sich der Leser wiederfinden wird.